모든 것은
기도에서 시작됩니다

이 책에 보내는 찬사

성녀 테레사는 우리 시대의 위대한 영적
여종이었으며, 그녀의 지혜는 전례 없이 깊은
헌신의 표현이었습니다. 기도에 대한
보물창고 같은 그녀의 생각을 통해
세상을 살아가는 진리를 배웁니다.

— 지미 카터, 전 미국 대통령, 『살아 있는 신앙』 저자

기억해야 할 것은 성녀 테레사가 항상
행동과 삶으로 기도했다는 점입니다. 마음, 언어,
그리고 몸이 완벽하게 하나가 되니, 그것은
정통적인 명상으로 굳건해진 토양과 같습니다.
기도를 시작하는 순간, 내면에서 평화와 사랑과
변화가 일어나기 시작합니다.
성녀 테레사는 기도합니다. "기도의 열매는 믿음,
사랑과 봉사, 그리고 평화입니다. 이 모든 것은 바로
현재의 순간에 이루어집니다."

미래까지 결과를 기다릴 필요가 없습니다.
성녀와 함께 지금 이 순간 기도를 즐기십시오.

— 틱낫한, 승려, 『살아 있는 부처, 살아 있는 그리스도』 저자

테레사 수녀님의 삶은 살아 있는 기도였습니다.
그녀의 언어는 우리 모두가 하느님께 다가가는
방법을 일깨워 줍니다.

— 마리안 윌리엄슨, 『구현된 기도 Illuminated Prayers』 저자

이 책의 출판으로 우리는 수녀님의 축복을 계속 받을
수 있게 되었습니다. 콜카타의 수녀님에게서 비롯된
이 진리의 핵심은 영혼을 위한 양식을 제공한다는
점입니다. 그녀가 전하는 메시지는 극히 간결하지만,
지혜와 영적인 통찰력으로 모든 신앙인에게
깊은 의미를 안겨 줍니다.

— 앤서니 M. 필라, 대사제, 클리블랜드 주교

스턴 박사의 편집 방식은 확실하고 신중합니다.
기도를 향한 테레사 수녀님의 강력한
찬사 이면에 있는 신비로운 깨달음이
기도문의 발췌를 통해 드러나기 때문이지요.
따라서 이 구절들은 영적인 감동을 줄 뿐 아니라
지적으로도 설득력이 있습니다.

─ 루 노드스트롬, 미국 선종 스승

신앙인과 비신앙인 모두에게 정신적인
삶을 장려하고 영적인 힘을 실어 주는 책!
『모든 것은 기도에서 시작합니다』로 스턴 박사는
감축받을 자격이 있습니다. 많은 독자가
이 책을 통해 기도의 길로 초대받기를 소망합니다.

─ 에드워드 르 졸리, 신부, 세인트 테레사의 영적 고문

스턴 박사는 영적인 한 인간의 본질을
매우 민감하고 신중하게 보여 주었으며, 그 과정에서
우리 삶 속의 기도를 더 보람되게 해 주었습니다.

— 잭 뱀포라드, 랍비, 라마포 대학 종교 이해센터장

테레사 수녀님은 우리 모두에게 거룩한 어머니입니다.
그녀는 사랑이 세상에서 무엇을 할 수 있는지에 대해
일깨워 주시고 영감을 주셨죠. 그녀는 고통을 겪는
자들을 돕는 이타적인 계몽 운동가인 '보살'의 한
전형입니다.

— 수르야 다스, 라마 승려, 티벳 불교 스승, 『내 마음속 부처 깨우기』 저자

기도를 시작하는 방법을 알려 주는 이 책은
우리에게 훌륭한 선물을 안겨 줍니다.
테레사 수녀님의 멋진 말씀들은 내적인 삶을
고양시키고, 우리 안에 있는 기도를 밖으로
표출하는 방법을 알려 줍니다.

— 수산나 헤셀, 『아브라함 가이거와 유대인 예수 Abraham Geiger and Jewish Jesus』 저자

이 아름다운 기도 지침서는 시간과 공간의 모든
경계를 초월합니다. 테레사 수녀님은 보편적인
존재로서 기도를 이미 하고 있거나 기도하고자
열망하는 모든 이들에게 영혼 대 영혼으로
다가갑니다. 그녀의 기도가 더 많은 이들의
마음을 열어 주길 바랍니다.

— 아서 그린, 랍비, 『당신의 말씀은 불입니다 Your Word is Fire』 공동 편집자

이 책의 내용과 제목이 모든 걸 말해 줍니다.
당신이 구하고 있는 것이 무엇이든 기도로 시작해야
한다는 것을! 진정한 기도는 개인적인 욕망이나 필요,
또는 종교에 관한 것만이 아니라는 것을 터득하게
될 것입니다. 테레사 수녀님은 우리 각자에게
롤모델이 됩니다. 수녀님을 닮은 존재가 되도록
기도하십시오.
기도를 통해 우리 또한 테레사 수녀님 처럼 세상을
치유할 수 있길 바랍니다.

— 베르니 시겔, 의학박사, 『사랑, 의학, 그리고 기적 Love, Medicine and
   Miracles』 저자

모든 것은 기도에서 시작됩니다

세인트 테레사

이해인 수녀 옮김
앤서니 스턴 엮음

포이에마

차례

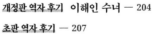

"저는 그들의 언어를
구사하지 못합니다.
그러나 미소지을 수 있습니다."

프란치스코 교황

"누가 주님께서 바라시는 것을 헤아릴 수
있겠습니까?"지혜 9:13 우리가 제1독서에서 들은
지혜서의 질문은, 우리 인생은 신비로서, 그 해석의
열쇠는 우리가 잡고 있지 않다는 것을 알려 줍니다.
역사의 주인공들은 항상 두 부류였습니다.
한편은 하느님, 다른 한편은 인간들입니다.
우리의 임무는 하느님의 소명을 알아듣는 것이고,
그분의 뜻을 받아들이는 것입니다. 그러나 하느님의

뜻을 받아들이기 위하여 우리는 주저함 없이
다음과 같이 질문해 보아야 합니다.
"내 인생에 있어서 하느님의 뜻은 무엇인가?"

지혜서에서 그 답을 찾을 수 있습니다.
"사람들이 당신 마음에 드는 것이 무엇인지 배웠으며
지혜로 구원을 받았습니다."지혜 9:18 하느님의 소명을
알아듣기 위해서 우리는 무엇이 하느님 마음에
드는 것인지를 질문해야 하고 이해해야 합니다.
무엇이 하느님 마음에 드는 것인지 예언자들은
수없이 선포합니다. 그들의 선포는 "내가 바라는 것은
희생 제물이 아니라 자비다."호세 6:6, 마태 9:13라는
표현으로 요약되어 있습니다. 하느님의 마음에
드는 것은 모든 자비의 행위들입니다.
왜냐하면 우리가 도와주는 형제의 모습 안에서
우리는 그 누구도 볼 수 없는 하느님의 얼굴을
인식하기 때문입니다.요한 1:18 참조 우리가 형제들의
필요성에 응답할 때마다 우리는 예수님께
먹을 것과 마실 것을 드리게 되는 것입니다.

그리고 그것은 하느님의 아드님께 방문해

옷을 입혀 주고 위로해 주는 것입니다. ^{마태 25:40 참조}

그러므로 우리는 우리가 기도할 때 부르짖고 신앙을
고백하면서 표현한 것을 구체적으로 행동하도록
부름을 받았습니다. 사랑 이외에 다른 것이 없습니다.
형제들에게 봉사하는 사람들은 비록 그들이 예수님을
모른다고 해도 하느님을 사랑하는 사람들입니다. ^{요한}
^{3:16~18, 야고 2:14~18 참조} 그러나 그리스도교 생활은
단순히 필요한 순간에 도움만을 제공하는 것은
아닙니다. 만약에 그렇기만 하면 그것은 즉각적인
선을 베푸는 인간적 연대성에 기초한 아름다운
감성일 수 있습니다. 그러나 그것은 뿌리가
없기 때문에 열매를 맺을 수 없을 것입니다.
주님께서 요구하시는 수고는 그것과는 달리
사랑에 대한 소명입니다. 그것으로 그리스도의
모든 제자들은 자신의 삶을 주님께 대한 봉사로
헌신하여 매일 사랑 안에서 성장할 수 있는 것입니다.
"많은 군중이 예수님과 함께 길을 가는데" ^{루카 14:25}

라는 복음 말씀을 우리는 들었습니다.

오늘 그 '많은 군중'은 자비의 희년에 세계에서 모여
온 자원봉사자들로 대변되고 있습니다. 여러분은
스승을 따르는 그 군중이고, 모든 사람에 대한
그분의 사랑을 가시화시켜 주는 군중입니다.

저는 사도 바오로의 "나는 그대의 사랑으로 큰
기쁨과 격려를 받았습니다. 그대 덕분에 성도들이
마음에 생기를 얻었기 때문입니다."^{필레 1:7}라는 말씀을
반복해서 말합니다. 자원봉사자의 마음에 얼마나 큰
위로를 주는 말씀입니까! 얼마나 많은 도움을 주고
있습니까! 얼마나 많은 눈물을 닦아 주고 있습니까!
숨겨진 곳에서 겸손하게 자신을 잊고 봉사하는
사랑은 얼마나 위대합니까! 이렇게 찬미받아야
할 봉사는 신앙에 활력을 불어넣어 주고 도움을
요구하는 사람에게 우리를 가까이 가도록 하시는
아버지의 자비를 드러냅니다.

예수님을 추종하는 것은 중요한 일입니다.
동시에 그것은 기쁨 가득한 것이기도 합니다.

그것은 더 가난한 사람 안에서 스승을 인지하려는
용기와 근본을 필요로 합니다. 그리고 그 봉사에
자신을 헌신할 것을 요구합니다. 그래서 보잘 것 없는
사람들과 도움을 요구하는 사람들에게 봉사하는
자원봉사자들은 다른 감사 행위를 기대하지
않습니다. 보답을 요구하지도 않습니다.
오히려 모든 것을 포기합니다. 왜냐하면 그들은
참된 사랑을 발견했기 때문입니다. 주님께서 나에게
다가오셔서 필요한 순간에 허리를 굽히셨던 것과 같이
나도 그분께 다가가 신앙을 잃었거나 하느님이
존재하지 않는 것처럼 사는 사람들, 그 어떤 가치나
이상도 없이 사는 젊은이들, 위기에 처한 가정,
아픈 사람들, 감옥에 갇힌 사람들에게 허리를 숙이고
봉사해야 합니다. 그리고 육신과 정신에 있어서
약하고 보호받지 못하는 사람들과 버려진 아이들에게
봉사해야 합니다. 그리고 홀로 살아가고 있는
노인들도 돌보아야 합니다. 도움을 요구하는 곳이면
어디든지 희망을 주고 위로하는 교회가 현존해야
하고, 여러분이 현존해야 합니다.

세인트 테레사는 온 생을 통해서 하느님 자비를
풍성하게 나누어 주는 분이었습니다. 그분은 태어나지
못했고, 태어났어도 버려졌고, 비참하게 된 인간
생명에 대한 보호자였고, 그 생명들을 수용하며
모든 이들에게 그 자비를 선사했습니다. 테레사는
"아직 태어나지 못한 아이는 가장 약한 존재입니다.
가장 작은 사람이고 가장 불쌍한 존재입니다."라고
계속해서 외치며 생명을 보호하는 데 헌신했습니다.
그녀는 절망에 빠진 사람들, 길거리에 죽도록 버려진
사람들에게 봉사했습니다. 그 사람들 안에서 하느님이
그들에게 주신 존엄성을 알아들으면서 말입니다.

테레사는 이 세상의 힘 있는 사람들에게
그 목소리를 듣도록 했습니다. 자신들이 초래한
빈곤이란 범죄 앞에서 그 책임을 인식하도록
말입니다. 마더 테레사에게 있어서 자비는
'소금'이었습니다. 소금은 모든 음식에 맛을
나게 합니다. 그리고 자비는 '빛'이었습니다.
빛은 자신들의 빈곤과 고통에 대해서 눈물을 흘릴

수도 없는 모든 사람들의 어둠을 비추어 주는
것이기 때문입니다.

세인트 테레사가 수행했던 도시 주변과 인생의
주변에서 일어난 사명은 오늘날에도 계속되고
있습니다. 그 사명은 가난한 사람들 가운데
더 가난한 사람들에게 하느님이 가까이 계심을
계속해서 증거하는 일이었습니다. 오늘 저는
봉사하는 모든 사람과 세상에 수도자로서의
테레사를 건네고자 합니다.
세인트 테레사가 여러분이 추구하는
성덕의 모범이 되기를 바랍니다! 이 자비의
지칠 줄 모르는 봉사자는 우리가 행하는 행동의
유일한 기준은 조건 없는 사랑임을, 그 사랑은
그 어떤 이념과 고리로부터도 자유로운 사랑임을
보다 더 잘 깨닫도록 도와줄 것입니다. 이 사랑은
언어와 문화, 종족이나 종교의 구분 없이 모든
이를 위한 것입니다. 세인트 테레사는 "저는 그들의
언어를 구사하지 못합니다. 그러나 미소지을 수

있습니다."라는 말을 사랑스럽게 반복했습니다.
우리도 그분의 미소를 우리의 인생에서 만나는 모든
사람들에게, 특히 특별히 고통받는 사람들에게
전달하기로 합시다. 이렇게 우리는
이해와 자비를 바라는 인류의 모두에게 희망과
기쁨의 지평을 펼칠 것입니다.

세인트 테레사 시성식 강론
2016. 9. 4.

마더 테레사의
신앙과 의구심

앤서니 스턴(엮은이)

1998년 이 책의 초판이 발행된 이후 우리는 마더 테레사의 편지를 통하여 그녀가 하느님과의 내적 거리감에서 비롯된 극심한 의구심에 시달렸음을 알게 되었습니다. 이는 마더 테레사를 이상화했던 신앙인들에게는 하나의 도전이자 경각심을 주는 깨달음이기도 했습니다. 결과적으로, 마더 테레사의 내적 고뇌를 알게 된 건 우리에게 축복입니다. 그 고뇌는 영적 여정에 관한 여러 잘못된 통념을

약화하고, 기도에 관한 가장 핵심적이며 강력한
진실을 강조해 주기 때문입니다.

첫째, 마더 테레사의 의구심은 성인들이 위기나
난관에 봉착하지 않을 거라는 오해를 전복시킵니다.
우리 역시 어릴 때는 어른들이나 선생님들을
우러러보지만, 차츰 나이가 들면서 그토록 동경했던
부모님이나 스승들에게도 삶의 시련과 그늘이 있음을
보게 됩니다. 그들이 아무리 거룩하고, 선하고,
아름답더라도 말이죠. 우리가 존경하는 대상의
복잡다단성을 발견하는 것은 우리가 깨어 있는
어른으로 성장해 가는 과정의 일부일 뿐입니다.

둘째, 의구심과 어둠으로 인한 그녀의 내적 갈등은
영적 여정이 달콤함과 빛으로 가득한 장밋빛 길일
것이라는 우리의 환상을 여지없이 깨뜨립니다.
"말씀해 주세요, 신부님." 마더 테레사는 1959년
로렌스 피카키 신부에게 보낸 편지에 이렇게
썼습니다. "제 영혼 안에는 왜 이렇게 많은 고통과

어둠이 있는 걸까요?" 여느 가치 있는 과업이 그렇듯 모든 축복의 근원, 즉 신적 신비로 향하는 길에는 때로 심각한 어려움이 따르며, 엄청난 인내가 요구됩니다. 이는 극도의 외로움과 내적 공허함, 적막한 불모의 풍경으로 발현됩니다.

"하느님께서 저를 사랑하신다고 들었습니다." 그녀가 한번은 예수님께 이렇게 편지를 쓴 적도 있습니다. "그러나 어둠과 냉혹, 공허함의 현실이 너무나도 커서 아무것도 저의 영혼에 닿지를 않습니다." 어떤 영혼에도 마찬가지겠지만, 그녀가 '영적 메마름'이라 부른 이런 감각은 고통스러우리만치 긴 시간 동안 이어질 수도 있습니다.

마더 테레사의 편지들이 암시하듯, 그녀의 경우도 그러했습니다. 일부 학자들의 설명에 따르면, 그녀는 50년 동안 자신이 그리스도께 전적으로 버림받은 듯한 느낌을 가로지르면서도 온전히 봉헌된 삶을 살았습니다.

셋째, 마더 테레사가 보여 준 내적 상태는,

내적 활동의 성패를 판단하는 유일한, 혹은 주된

근거가 자신의 감정이라는 우리의 착각에 빛을 밝혀

줍니다. 우리는 영적인 것이든 아니든, 어떠한 일의

타당성을 오로지 우리의 감정에 기반하는 실수를

저지르기 일쑤입니다. 예를 들어 우리가 누군가를

사랑할 때도 꼭 언제나 그 사랑을 감정적으로 느껴야

할 필요는 없습니다. 그렇기에 수많은 지도자들이

사랑은 감정이 아니라고 이야기한 것이죠.

사랑은 감정을 포함하기는 하지만, 그 이상의

것입니다. 무엇보다, 사랑은 약속인 것입니다.

마더 테레사가 사랑하는 하느님으로부터

버림받았다고 느끼는 와중에도 그에게 지킨 신의는

타의 추종을 불허하는 사례입니다. 마찬가지로,

누구든지 내적 탐구에 헌신함으로써

기분이 좋아지길 기대한다면 그 노력을

장기간 유지하기는 힘들어질 겁니다.

감정에 귀를 기울이는 것은 매우 바람직하지만,

그리고 우리 모두에게는 그 감정을 표출할 적절한

배출구가 필요하지만, 감정을 무대의 정중앙에 놓으면 영적 항해를 떠나는 배를 놓치게 됩니다.

넷째, 마더 테레사가 보여 준 불안감은, 진정한 믿음은 의심과는 거리가 멀다는 우리의 믿음을 산산이 조각냅니다. 성인들이나 여타 성스러운 인물들의 삶을 연구해 본 사람이라면 누구든지 이 사실을 인정할 수 있을 것입니다. 의심이라는 어둠과의 마찰을 겪어야만 비로소 믿음이라는 빛이 서서히 강해지고, 깊어지고, 밝아집니다. 영성의 길을 여행하는 초보자뿐 아니라 노련한 경험자들도 의심이나 어둠과 씨름합니다. 종교의 어떤 대가가 이를 잘 표현했습니다. 영적 깨우침에 이르려면 대단한 믿음, 대단한 의심, 그리고 이 두 가지 정반대의 세력을 화해시키겠다는 엄청난 의지가 필요하다고 말이죠.

마지막으로, 하느님의 존재에 대한 마더 테레사의 의구심은 우리를 기도의 핵심적 진실로 인도해 줍니다.

의도적인 기도가 성립하는 이유는 마음속에
의심이라는 긴장을 품고 있다는 바로 그 사실
때문이라는 것! 만약 우리들의 뼈가 우리들의
심장에 의심의 속삭임을 보내지 않는다면
기도 자체도 필요치 않을 것입니다.
온전히 순수한 믿음의 상태에서는 노력하지 않아도
침묵과 용기와 미덕과 실천이 있으며,
고의적인 기도에 기댈 필요가 전혀 없습니다.
대부분의 구도자들은 결국 이러한 은총의 시간을
한두 번 맛보거나, 어쩌면 더 자주 경험할 수도
있지만, 늘 그 수준에 머물 수는 없습니다.
기도의 핵심은 의심에 직면해 있을 때 우리의 믿음을
강화해 준다는 점입니다. 우리가 죄인부터 성인까지의
스펙트럼 그 어디에 있든지 말이죠.

다시 말해, 의심은 불가피합니다. 의심하지 않으면
인간이 아닐 것입니다. 모든 인간이 고통을 마주하며,
특히 불확실성에, 마더 테레사도 언급했던 그 '끔찍한
어둠'에 취약합니다. 이러한 마음속 고통과 혼란의

매듭을 안고 우리는 무엇을 해야 할까요? 그 안에서
완전히 길을 잃을지, 아니면 그것을 받아들이고
저항도 하며 영적 의도와 실천을 통해
부드럽게 변형시키고자 노력해야 할지…….
마더 테레사 역시 그랬던 것처럼 우리는 매일
이러한 선택과 마주해야 합니다. 이것이 우리의
영적 훈련인 것입니다. 그리고 여타 배움의 과정과
마찬가지로, 어떤 날, 어떤 시간은 다른 때보다 훈련이
더 잘 되기도 합니다. 이러한 현실을 받아들일 수
있으면 차츰 더 깊이 배워서 스스로 인내를 키울 수
있을 것입니다. 성숙한 영적 지도자부터 초보적인
구도자에 이르기까지 더 높은 곳에 이르는 일은
2보 전진 1보 후퇴라는 친숙한 춤을 수반합니다.
자신의 결함을 수용한 채로 좀 더 완벽한 것을 향해
꾸준히 전진하는 것이지요. 이와 같은 여정을 적절히
보여 주는 실례로, 기도 그 자체는, 솔직한 인정으로
다듬어진 진실한 열망의 멋진 조합이라는 의미를
내포하고 있습니다.
그런 의미에서, 우리의 기도는 모두, 심지어 감사와

고마움의 기도조차도, 마가복음 속 간질병에 걸린
아들을 둔 아버지의 반향이라 할 수 있습니다.
그는 예수님께 마음으로 울부짖었죠. "저는 믿습니다.
저의 믿음 없음을 도와주소서!" 이를 바꾸어 말하면,
"저에게는 믿음이 있습니다. 부디 저의 불신을
도와주세요!" 이것이야말로 인간의 솔직한 기도일
것이며, 다양한 방법으로 표현되는 기도일 것입니다.
기도는 우리 모두의 마음 안에 살아 있는 믿음과
의심의 형상입니다.

마더 테레사의 의심은 오늘날 그녀를 그
어느 때보다도 살아 있게 합니다. 그녀의 솔직하고
인간적인 기도는 외롭고 황량한 풍경을 건너는
각계각층의 종교인들에게 신호등이 되어 주었습니다.
1962년에 그녀는 이렇게 썼습니다. "제가 만약
혹시라도 성인이 된다면, 저는 분명 한 줄기의
'어둠'으로 있을 겁니다. 이 땅의 어둠 속에 있는
이들에게 빛을 밝혀 주기 위해 저는 천국에 자리를
비워 둘 거예요." 그녀가 우리를 위해 밤새 믿음의

촛불을 밝히는 모습을 상상하며, 우리 또한 그녀와 모든 성인을 위해, 우리의 모든 스승과 멘토들을 위해 기도합시다. 그리고 "서로를 위해 기도합시다. 이것이 서로를 사랑하는 최고의 방법이니까요." 이 책의 제목은 마더 테레사의 말을 그대로 인용한 것입니다. "모든 것은 기도에서 시작됩니다."

비록 기도가 그녀에게도 때로는 어려웠지만, 그녀의 기도는 꾸준한 의심에 맞선 놀라운 신앙의 초석이었다고 믿습니다. 각자의 기도 안에서, 우리 모두가 함께 나아갈 수 있길 바랍니다. 서로의 사랑과 지지로 깊어 가는 결속 안에서, 우리의 공통적인 운명인 고통과 의심 속에 서로를 도우면서 말이죠. 우리가 서로를 위한 연민 속에서 앞으로도 계속 성장해 갈 수 있길 기원합니다.

현대 과학은
기도에 대해
무어라 말할까?

래리 도시(의학 박사)

기도는 인간의 가장 기본적인 활동 가운데
하나입니다. 인류 역사를 통해서 기도는 가장 넓은
비전을 제시했고, 우리가 하는 일들에 대해서 의미와
목적을 부여했습니다. 어떠한 문화이든 기도 없이
발전해 왔다고는 상상할 수 없습니다. 기도는 매우
보편적인 것입니다. 기도가 존재하지 않는 사회란
세상에 하나도 없다는 것을 우리는 익히 알고
있습니다.

기도에는 여러 측면이 있습니다. 간청, 중재, 감사 그리고 흠숭의 기도가 있습니다. 그러나 어떤 기도이든 서로 연결되어 있습니다. 어떠한 형식을 취하든지 기도는 절대자에게 이르는 다리입니다. 즉 인간 자신보다 높고, 지혜롭고, 힘 있는 어떤 존재에게 도달하는 길입니다. 이토록 과학적 사고가 지배하는 현대에 사는 사람들 가운데는 기도가 낡은 것이며, 기도와 과학은 도저히 조화될 수 없다고 믿는 사람들도 꽤 많이 있습니다. 그들은 기도가 미신과 환상의 영역에 속한다고 믿습니다. 그러나 현대의 가장 묘한 역설 중의 하나는 영성계의 대변자들과 과학계의 대변자들이 새롭고도 놀라운 대화를 개시했다는 것입니다. 이것은 서로 다른 세 가지의 방식으로 일어나고 있습니다.

첫째, 현대 과학자들 가운데서 많은 이들이 인간의 기도에 응답하는 최고 존재를 믿는다는 것입니다. 절대자에 대한 신앙과 고도의 과학 연구를 동시에 수행할 수가 없다고 알고 있던 사람들에게는

이 사실이 하나의 충격이 될지도 모릅니다.

그러나 1997년 미국의 생물학자, 물리학자, 수학자들을 대상으로 신앙생활 여부를 조사한 결과에 따르면, 응답자 중 39%가 신을 믿는다고 대답했습니다. 더 구체적으로 그들은 인간의 기도에 응답하는 신을 믿고 있었습니다. 더욱 놀라운 것은 가장 순수한 학문을 연구한다고 알려진 수학자들이 가장 높은 비율을 보였다는 것이죠. 과학의 세계에는 신이 없다든가, 무신론자가 가장 훌륭한 과학자가 된다든가, 기도와 과학은 공존할 수 없다고 믿는 대다수의 견해가 실제로는 도전을 받아 마땅한 고정관념임이 드러난 것입니다.

둘째, 기도의 영향력에 대해 연구하는 의학자들은 기도하는 환자들에게서 긴장을 풀고 편안함을 누리는 결정적인 증거를 발견하면서 기도와 명상의 탁월성을 입증했습니다. 이 연구가 보여 주는 더욱 흥미로운 사실은, 중재기도나 심지어 '멀리 떨어진 곳에서 하는' 기도까지 효력을 발휘한다는 점입니다. 본인도 모르게

먼 곳에서 바쳐지는 기도마저 효과가 있는 것이죠. 이러한 연구는 헤아릴 수 없고, 많은 과학자들이 반복해서 연구하고 있으며, 인간뿐 아니라 다른 생물계까지도 포함해서 연구되고 있다는 점에서 의의가 있습니다. 기도의 수혜자가 사람 외에 다른 생물까지 포함된다는 것은 아주 중요한 점입니다. 기도의 효과가 이렇듯 동물계나 식물계까지도 폭넓게 미친다면, 인간에게 미치는 기도의 효과가 단지 긍정적인 생각이나 심리적 작용에 불과하다고 단정할 수만은 없기 때문입니다.

셋째, 최근 의식의 흐름과 특성에 대한 다양한 과학 이론들의 경향에 있습니다. 이러한 이론들은 정신력이 한 개인의 뇌와 육체에 국한된다고 하던 과거의 이론을 뛰어넘습니다. 이 새로운 이론들은 인간의 의식이 중재기도를 통해 육체의 한계를 벗어나 외부로 미칠 수 있다는 점을 인정합니다. 의식의 흐름에 대한 새로운 이론에 의하면, 물리적으로 먼 거리에서도 기도는 실질적인 변화를 세상에 가져올 수 있다는

주장이 결코 허튼소리가 아님을 보여 줍니다.
반면 이 새로운 이론들은 중재기도의 효과는
기도자가 소속된 종교와는 전혀 무관하다고
말합니다. 이것은 기도가 특정 종교의 전유물이
아니라 아주 보편적인 것이며, 인류 전체에게
적용된다는 점을 다시 한번 확인시켜 줍니다.
이러한 발견은 종교적 관용의 중요성을 강조합니다.
이는 다른 사람의 종교가 나와 다르더라도
서로 간에 전통적 기도와 영성적 관점을 존중할
의무가 우리에게 있음을 시사해 줍니다.

실험적 연구 조사에서 종교와 기도의 효과 사이에
상관관계가 없다고는 했지만, 커다란 차이를 나타내는
한 가지 결과가 있습니다. 그것은 아주 구태의연한
말로 들릴지 모르지만, 바로 '사랑'이라는 것입니다.
사랑을 빼 버린다면 기도에 관한 실험은 제대로
이루어지지 않은 것이나 다름없습니다.
이러한 발견은 의사인 나에게 매우 흥미롭습니다.
왜냐하면 인류 역사를 통해서 모든 치유자들은

환자에 대한 연민, 배려, 아픔을 함께 나누는 것이
얼마나 중요한지 강조해 왔기 때문입니다. 내가 아는
가장 유능한 의사들은 모두 사랑과 배려가 치유에
미치는 영향력을 존중합니다. 이들은 물론 페니실린의
효과도 매우 크지만, 페니실린과 사랑이 결합하면
그 효력이 배가 된다고 믿습니다.
종교적 관용 그리고 사랑과 연민이 기도에서 차지하는
중요한 역할이 마더 테레사의 업적과 글들에
잘 나타나 있습니다.
마더 테레사는 이렇게 말했습니다.

"힌두교인은 더욱 훌륭한 힌두교인이 되고,
이슬람교인은 더욱 훌륭한 이슬람교인이 되고,
가톨릭신자는 더욱 훌륭한 가톨릭신자가 될 수
있도록 도와주어야만 한다고 나는 늘 말해 왔습니다."

마더 테레사의 종교적 관용을 뚜렷이 보여
주는 비슷한 이야기가 있습니다. 어쩌면 지어낸
이야기일지도 모르지만, 나는 언제나 이 내용을

전폭적으로 지지해 왔습니다.

어느 성미 급한 기자가 마더 테레사에게

"당신은 성인입니까?" 하고 물은 적이 있습니다.

마더 테레사는 굵은 매듭 가득한 손가락으로

그 젊은이의 가슴을 가리키며 조금도

주저하지 않고 대답했습니다.

"그래요. 그리고 당신도 성인이지요!"라고.

마더 테레사는 기도의 효능에 관해서 굳이 과학의

인정을 받을 필요는 없다고 분명히 말할 것이고,

나 역시 이에 동감하고 있습니다. 사람들은 매일의

삶에서 기도를 실험하고 있습니다. 어쨌든 우리의

삶 자체가 가장 중요한 실험실임에 틀림없습니다.

그러나 과학이 현대 생활을 주도하는 가장 강력한

요소이기에, 과학이 기도에 관해서 내리는 평가를

무시한다면, 더구나 과학이 내리는 긍정적인

평가들을 무시한다면, 그처럼 어리석은 일은 없을

것입니다.

현대 의학의 가장 뚜렷한 흐름 중의 하나는 기도로

복귀하는 것입니다. 미국의 의과대학교 가운데
종교와 영성이 건강에 미치는 역할을 탐구하는
교과 과정을 둔 학교가 1980년대만 해도
셋뿐이었습니다. 그런데 지금은 거의 수십 개로
늘었습니다. 최고 수준의 연구원들이 여러 의과대학,
병원, 그리고 연구 기관들에서 '기도가 치유에
미치는 영향'을 연구하고 있으며, 영성과 건강 문제를
연결하는 전국 규모의 다양한 회의들이
이제는 일상적인 행사가 되었습니다.

어디선가 마더 테레사가 분명히 미소를 짓고
있을 것입니다.

그것을
기도로 만드세요

앤서니 스턴(엮은이)

우리 모두가 '마더 테레사'로 알고 있는 이 여성은
매우 신심 깊은 가톨릭신자이자 예수 그리스도에게
철저히 봉헌된 사람입니다. 마더 테레사는 자신의
끊임없는 헌신을 여러 가지 방법으로 표현했는데,
그중에서도 가장 핵심적이고 널리 알려진 것은
가난한 이들과 병든 이들에 대한 봉사입니다.
모든 종교에 대한 깊은 존경, 그리고 모든 사람들이
그가 믿는 신께 한층 더 가까이 다가가기를 원하는

그의 불타는 열정은 자선 활동보다는 덜 알려져
있습니다. 가능하면 더 많은 영혼들과 만나기를
바라는 간절한 마음에서 마더 테레사는
"힌두교인은 더 훌륭한 힌두교인이 되고,
이슬람교인은 더 훌륭한 이슬람교인이 되고,
가톨릭신자는 더 훌륭한 가톨릭신자가 될 수 있도록
우리가 도와야만 한다고 말해 왔습니다."라고
적었습니다. 이것은 "모든 것은 기도에서
시작됩니다."라고 한 마더 테레사의 선언을 실제로
반영하는 것입니다. 마더 테레사가 남긴 말들은 바로
이러한 정신에 따라서 선집으로 엮어졌습니다.

나는 다양한 내면의 길을 가는 사람들뿐 아니라,
아직 명확한 길을 발견하지 못한 사람들에게도
가능하면 폭넓게 접근하기 위해서 마더 테레사의
초기 저술 가운데서 말씀을 가려 뽑았습니다.
또한 종교를 초월하여 기도 생활의 입문을 마련해
주는 보석 같은 영감을 골라내려고 애썼으며, 마더
테레사의 많은 생각들을 기도라는 주제에 맞추어

체계화하려고 노력했습니다.

마더 테레사의 기본 방향은 다음과 같은
일화에서 잘 드러납니다.

그녀가 어느 부자에게 예멘에 사는 모슬렘
형제자매들이 신과 만날 수 있는 회교사원을
짓기를 간청한 것입니다.

마더 테레사의 이러한 기본 방향은 그의
친구이자 전기 작가인 나빈 차울라에게도 똑같이
적용되었습니다. 나빈이 신앙생활을 하지 않고
거의 무신론에 가까운 힌두교도라는 사실을
마더 테레사는 알고 있었습니다. 그러나 오랜 세월
가까이 지내면서도 나빈의 신앙이나 종교에 관해
직접적으로 질문한 적이 없습니다. 다만 여러 번
반복해서 "아직 기도를 시작하지 않았습니까?"라는
질문만을 할 뿐이었습니다.

마더 테레사가 무엇보다 소중하게 여기던 일,
즉 '임종자의 집'에 대해서도 생각해 볼 필요가
있습니다. 그 집에서는 누구나 각자의 종교 전통에

따라 마지막 예식을 거행합니다. "당신은 당신이
바치는 기도를 드리고, 나는 내가 바치는 기도를
드리도록 합시다. 우리가 이렇게 함께 기도를 바치면
신을 위해서 무언가 아름다운 일이 될 것입니다."라고
마더 테레사가 죽어 가는 환자에게 속삭이는
말을 엿들은 사람들이 많습니다.
1980년대 초에 '임종자의 집'에서 1만 7,000명이
죽었습니다. 평화롭고 아름다운 그 죽음을 보고 나서
마더 테레사는 신앙과 종파에 관계없이
모든 영혼이 곧장 천국으로 갔다고 확신했습니다.

마더 테레사에게는 기도가 신에게 도달하는
보편적인 길이었습니다. 마더 테레사의 영신적
조언자이자 전기 작가이기도 한 에드워드 리 졸리가
바로 이 점을 강조했습니다.
에드워드는 공항에서 어느 기자가 마더 테레사에게
다가와서 "미국인들에게 전할 메시지는 무엇입니까?"
하고 묻는 장면을 목격했습니다.
마더 테레사는 "더 많이 베푸세요!"라든가

"서로 더욱 사랑하십시오!"라는 말조차 하지
않았습니다. 그녀는 조금도 주저 없이
"그래요. 미국인들은 더 많이 기도해야 합니다."라고
대답했습니다.

이제 분명히 알아들어야 합니다. 당신이 지금 들고
있는 책은 바로 그 위대한 영성 지도자이며
영적 스승이 던지는 똑같은 대답을 좀 더 확장된
형태로 들려주는 것이라는 점을.
소란한 공항에서 듣는 간결한 대답 대신,
집에서도 천천히 음미할 수 있는 명상 자료를
당신은 지금 손에 쥐고 있는 것입니다.
이것은 "기도를 더 많이 하십시오."라는,
똑같이 기본적인 권고와 요청을 좀 더 자세하게
발전시킨 형태의 책입니다.

이 책에 있는 내용들은 전례적이고 공동체적인
기도라기보다는 개인적이고 개별적인 기도에
더 가깝습니다. 공동체적으로 영성 함양을 위해
실습되는 영성적 실천과 나눔 못지않게 개인 기도가

필요합니다. 우리는 개인 기도를 스스로 시작하고
또 시작할 필요가 있습니다. 우리 내면의
땅을 깊이 파고, 우리가 언제든지 받을 수 있는
은총을 위해 빈자리를 마련하면서
거듭거듭 새롭게 시작해야만 하는 것입니다.
염경기도와 우리 자신의 기도는 사랑으로 녹아
하나가 될 때 비로소 영신적 에너지의 호수로서
남을 끌어당길 수가 있습니다.
이것은 영혼들이 불탈 때 발산하는 감미롭고
심원한 에너지인 것입니다.

도로시 헌트가 『사랑은 철 따라 열매를 맺나니』라는
마더 테레사의 선집에 대한 구상을 검토하고 있을 때,
그 일을 위해 마더 테레사에게 허락을 구했습니다.
마더 테레사는 "그것을 기도로 만드세요."라고
했습니다. 그 일 자체를 기도로 만들라는
것이었습니다. 이 책을 읽는 여러분에게
내가 드리고 싶은 충고 역시 "그것을 기도로
만드세요."라고 한 마더 테레사의 바로 그 말씀입니다.

성실하고 진지하게 마음을 열고 접근하면 할수록
이 책은 여러분의 마음에 깊이 파고들 것입니다.
여유 있는 단순성과 수용성으로 여러분 자신의
전부를 그 말에 맡기면 맡길수록 말 뒤에 숨은 생각과
감성이 여러분 내면 깊숙이 깃들어 있는 무언가를
더욱 따뜻하게 어루만져 줄 것입니다. 책을 읽어
내려가는 동안 여러분이 영원한 그분의 현존 안에서
살고 싶다는 소망을 더욱 강하게 지니면 지닐수록
말 뒤에 숨은 거룩한 의미가 여러분 내면에 불을
지필 가능성이 더욱 커질 것입니다.

마더 테레사는 『단순한 작은 길』이라는 자신의
저서에서 그리스도교 신자가 아닌 사람들은
'예수'를 '신'이라는 말로 바꾸어서 기도해도 좋다고
권유했습니다. 이 책 역시 마찬가지입니다.
여러분의 일상생활에서 좀 더 초월적인 힘이 있는
어떤 큰 존재를 가리키는 데 적당한 말이 있다면,
그것이 뭐든지 상관할 것 없이 '신'을 그 단어로
바꾸어 사용해도 좋습니다. 마더 테레사가 신이라고

부르는 존재나 여기서 전통에 따라 사용하는
다른 고유명사들도 마찬가지 이유로 그 단어로
바꾸어 부르기를 바랍니다.
이 책에 수록된 종교적 단어들이 어떤 방식으로든
여러분의 기분을 언짢게 한다면 적절한 다른 말로
얼마든지 바꿀 수 있기를 바랍니다.

마더 테레사는 자신을 신에게 연결시켜 주는
기도의 힘에 자신이 얼마나 전폭적으로
의지하는가에 관해 자주 언급했습니다. 또 하루
24시간 동안 줄곧 기도에 의지한다고 말하기도
했습니다. 그리고 강조하는 의미에서, 만일 하루가
24시간보다 더 길다면, 그 길어진 시간만큼
신의 힘에 의지할 필요가 있다고 덧붙였습니다.
그렇다고 한다면, 어느 영성가인들 기도에
의지하지 않겠습니까?
그리고 어느 영혼이 소리쳐 탄원하지 않겠습니까?
또한 소리쳐 탄원한 것이 얼마나 잘한 일이겠습니까?

기도가 필요할 때

이 세상 사람들은 서로 다른 모습을 하고 있습니다.

그러나 결국은 똑같은 사람들이지요.

그들은 모두 사랑을 받아야 할 사람들이며

사랑에 굶주려 있습니다.

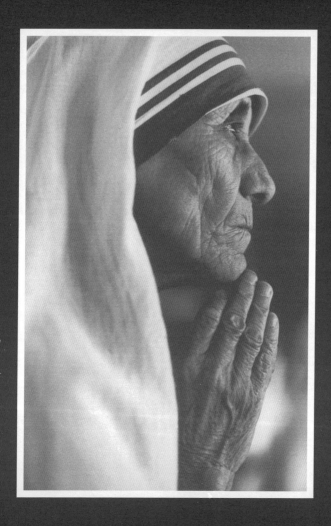

• 모든 것은 다 기도로부터 시작됩니다.

우리는 사랑할 수 있도록 하느님께 청하지 않고서는

사랑을 지닐 수가 없으며

다른 이에게 줄 수 있는 사랑의 정도 또한

극히 적습니다.

오늘날 사람들이 그토록 자주

가난한 사람들에 대해 말을 하면서도

가난한 이들에 대해서 잘 모르듯이

기도에 대해서도 늘 많은 말을 하고 있지만

실제로 기도할 줄은 모릅니다.

● 여러분은 일 때문에 기진맥진해 있거나
심지어는 자신을 대단히 혹사시킬 수가 있습니다.
그러나 그 일이 사랑으로 맞물려 있지 않다면
아무 소용이 없습니다.
사랑 없이 일하는 것은 노예 행위와 다름없습니다.

● 이 세상 모든 사람들은
서로 다른 모습을 하고 있습니다.
종교도 다르고, 교육의 정도나
처해 있는 신분도 다릅니다.
그러나 결국은 똑같은 사람들이지요.
그들은 모두 사랑을 받아야 할 사람들이며
사랑에 굶주려 있습니다.

● 현대적으로 잘 꾸며진 방에서 우리는
  스위치 하나만으로도 전등을 켭니다.
  그러나 전류를 내보내는
  가장 중요한 발전소와 연결되어 있지 않다면
  결코 빛이 존재할 수 없을 것입니다.
  믿음과 기도는 하느님과 연결되어 있는 전선이며
  이것이 있어야만 사랑의 일도 가능합니다.

● 무언가를 내주기 전에
자신이 먼저 그것을 갖고 있어야 합니다.
다른 이에게 내주는 일을 하는 사람은
먼저 하느님에 대한 지식을 성숙시켜야 하며
그분을 아는 지혜로 충만해야 합니다.

● 주기 위해서는
먼저 갖고 있어야 함을 명심하십시오.

◦ 사랑이 참되기 위해서는
기도 안에서 하느님과 함께해야 합니다.
우리가 기도하면 사랑할 수 있고,
사랑하면 비로소 봉사할 수 있을 것입니다.

◦ 어떤 종교에 속해 있든지 간에
우리는 함께 기도해야 합니다.
어린이들 역시 기도하기를 배워야 하고
그들은 그들의 부모들과 함께
기도하는 법을 배워야 합니다.

멀리 있는 사람들을 사랑하는 것은 오히려 쉽습니다.
그러나 우리에게 가까이 있는 사람들을
항상 사랑하기란 쉽지 않습니다.
음식으로 배고픔을 달래 주는 일은
사랑받지 못한 외로움과 아픔을
달래 주는 일보다 쉽습니다.
여러분의 곁에 사랑을 가져오십시오.
이곳이야말로 서로를 위한 사랑이
시작되는 장소니까요.

● 수녀들은 여러 가정을 방문합니다.
　한번은 어떤 집에서 누구에게도 발견되지 않은 채
　오래전에 죽은 한 여인을 발견한 적이 있습니다.
　그녀의 시신은 이미 부패하였는데도
　그녀의 이웃들은 그녀의 이름조차
　모르고 있었습니다.

● 세상에는 참으로 많은 고통이 있습니다.
　굶주림에서 오는 고통, 집 없음에서 오는 고통,
　온갖 질병에서 오는 물리적인 고통이 있습니다.
　그러나 외로운 것, 사랑받지 못하는 것,
　바로 곁에 아무도 없는 것이야말로
　가장 큰 고통이라고 나는 생각합니다.

가난에도 여러 종류가 있습니다.

인도에는 굶주림으로 죽어 가는 이들이 많습니다.

그러나 서방 세계에서는

육체적인 굶주림과는

또 다른 정신적인 굶주림을 보게 됩니다.

이것이 더 심각한 일 아닐까요?

사람들은 하느님을 믿지 않으며

기도도 하지 않습니다.

사람들은 서로를 돌보지 않습니다.

자신이 갖고 있는 것에 대해 만족하지 못하고,

다른 이들이 겪고 있는 고통의 의미조차 모릅니다.

이러한 마음의 빈곤은 치유하기가

아주 어렵다고 생각합니다.

나는 언젠가 노인들이 사는
아주 훌륭한 집을 방문한 일이 있습니다.
40여 명의 노인들은 아쉬운 것 없이
모든 것을 갖추고 있었는데
그들의 시선은 하나같이
다 문 쪽을 향하고 있었습니다.
그들의 얼굴에는 한 가닥의 미소도 없었습니다.
그들을 돌보는 수녀에게 나는 물었지요.

수녀님, 이분들은 왜 웃질 않지요?
왜 하나같이 문 쪽만 바라보고 있나요?

담당 수녀는 친절하게 사실을 말해 주었습니다.

매일 똑같이 반복되는 일입니다.
그들은 누군가가 자기를
찾아와 주길 바라는 것이지요.

이것이야말로 정말 비참한 가난입니다.

물질이 우리의
주인이 되었을 때

우리는 참으로
빈곤한 사람들입니다.

여러분과 나는 고귀한 일을
하기 위해 창조되었습니다.
우리가 이 세상에 아무런 목적도 없이
창조되진 않았을 것입니다.
그 위대한 목적이란 곧 사랑하는 것,
사랑받는 것이 아닐는지요.

- 인간을 초월하는 절대자, 신적 존재를
어떤 이들은 이쉬바르Ishwar라고 부르고,
어떤 이들은 알라Allah라고 부르며,
또 어떤 이들은 그냥 하느님이라고 부릅니다.
우리 모두는 그 신들이
사랑하고 사랑받는 숭고한 일을 하라고
우리를 지어낸 분임을 알고 있습니다.
오직 사랑만이 중요합니다.
그러나 기도 없이는 사랑할 수 없습니다.
우리가 속해 있는 종교가 무엇이든지 간에
우리는 다 함께 기도해야 합니다.

그대가 보고자 하는 눈만 있다면
세계 도처에서 콜카타를 발견할 수 있을 것입니다.
콜카타 거리는 그 자체로 모든 사람을
어떤 문으로 이끌어 줍니다.
그대는 아마도 어느 날 콜카타로
여행을 가고 싶어 할지도 모르지요.
이렇게 우리는 먼 곳에 있는 이들을
사랑하기가 더 쉬울지 모릅니다.
그러나 바로 내 곁에 있는 이들을
한결같이 사랑하기란 쉽지 않습니다.
하물며 내가 싫어하는 사람들,
또는 업신여기는 이들에겐 어떠하겠습니까?

자신도 모르게 오만하게 되는 것,
이기적으로 치닫는 것은 쉽습니다.
아주 쉽지요.
그러나 우리는 보다 고귀한 것을 위해
창조되었음을 명심합시다.

우리의 행동에 지침을 삼기 위해서라도
우리는 가끔 스스로에게 물어야 합니다.
예를 들면,
나는 진정 가난한 이들에 대해서 알고 있는가?
나와 가장 가까운 가족들 중에서도
가난한 이를 첫 자리에 두고 있는가?
단순히 먹을 것이 부족한 데서 오는
가난이 아닌 가난을 이해하고 있는가?

그 자체로 고통인 가난도 있습니다.

남편과 아내에게 부족한 것이,
부모나 자녀들에게 부족한 것이,
단순히 옷이나 음식이 아닌 그 무엇이라면,
—— 그것이 사랑이라면 나는 그들에게
어떻게 다 채워 줄 수 있을까요?

 사랑은 어디에서 시작됩니까?
 우리의 가정에서부터 시작됩니다.
 그 사랑은 언제 시작됩니까?
 우리가 함께 기도할 때 시작됩니다.

 우리는 우리 자신에게도 양분을 공급해야 합니다.
 어쩌면 영적인 굶주림으로 죽을 수 있기 때문이지요.
 하나의 기계에 기름을 치듯이
 그렇게 우리 자신을 끊임없이 채워 가야 합니다.
 기계의 아주 작은 부분이라도 작동을 못하면
 기계 전체가 제대로 움직일 수 없습니다.

우리가 구원을 받기 위해서는 어떻게 하면
좋겠느냐는 질문을 받은 일이 있습니다.
나는 대답했지요.
"하느님을 사랑하십시오.
그리고 무엇보다도 기도하십시오."라고.

침묵으로
시작하기

모든 것은 기도에서 시작되고
이 기도는 마음의 침묵에서 탄생됩니다.

• 누구든지 기도하는 방법을 모른다면
기도하기가 매우 어렵습니다.
우리 스스로 기도하기를 배워야만 합니다.
기도에 가장 중요한 것은 침묵입니다.

• 우리는 하느님을 발견해야 하는데
소음과 쉼 없는 불안 가운데서는
결코 그분을 발견할 수 없습니다.

안팎으로 침묵 속에
자신을 꿋꿋이 붙박는 우리의 노력 없이는
하느님의 현존을 체험할 수 없습니다.

그러기에 우리는 영혼의 고요함, 눈의 고요함,
입술의 고요함을 지닐 수 있도록
끊임없이 자신을 훈련시켜야 합니다.

• 침묵 없는 기도의 삶이란 있을 수가 없습니다.

• 모든 것은 기도에서 시작되고
  이 기도는 마음의 침묵에서 탄생됩니다.

◟ 진정으로 기도하기를 원한다면
먼저 들을 줄을 알아야 합니다.
마음의 고요 속에 하느님은 말씀하시기 때문입니다.

◟ 입술의 침묵뿐만 아니라 마음의 침묵이 필요합니다.
그러면 어느 곳에서나
하느님의 음성을 들을 수 있습니다.
문이 닫혀 있는 곳에서도,
당신을 필요로 하는 사람을 통해서도,
노래하는 새들에서도, 꽃들과 동물들에서도 ——
경이로움과 찬미의 음성을
침묵을 통해 들을 수 있습니다.

◟ 모든 시대의 관상 수도자들이나
　은수자들은 사막에서, 숲에서,
　그리고 깊은 산의 침묵과 고독 속에서
　하느님을 찾았습니다.

◟ 우리 역시 개인적으로든 공동체적으로든
　하느님과 홀로 있기 위한
　깊은 침묵으로 들어갈 수 있는
　물러섬의 기간을
　일부러라도 만들어야 합니다.
　책에서도, 생각에서도, 기억에서도 떠나고
　모든 것에서 온전히 벗어나
　하느님의 사랑스런 현존에만 머물 수 있도록
　── 그래서 침묵, 비움의 정지 상태에
　달할 수 있도록.

침묵 속에서 들으십시오.
여러분의 마음이 다른 것들로 가득 차 있다면
하느님의 음성을 들을 수 없기 때문입니다.
그러나 마음의 고요함 안에서
그분의 음성을 들을 때면
여러분의 마음이 하느님으로 가득 채워질 것입니다.
이것은 만만찮은 희생을 요구하지요.
그러나 우리가 참으로 기도의 뜻을 알고,
기도하기를 원한다면,
우리는 당장 실행해야 합니다.

기도를 잘하기 위한 외적 침묵을 유지하고
고양시키기 위하여
우리는 다음의 것을 명심합시다.

- 엄격한 침묵을 위해 특정한 시간과 공간을 확보할 것.
- 활동하거나 일할 때는 극히 고요하고 온유하게 기도에
  가득 찬 분위기로 행할 것.
- 어떤 상황에서든지 큰 소리로 말하거나
  주의가 산만해지는 것을 피할 것.
- 꼭 말을 해야 한다면 부드럽게, 온화하게 말할 것.
- 하느님의 생생한 침묵 안으로 깊이 들어갈 수 있는
  거룩하고 소중한 시간을 찾아내고 기대하는
  노력을 계속할 것.

하느님과 홀로 있기 위해, 그분에게 여쭙고,
그분의 말씀을 듣기 위해,
들은 것을 마음속에 깊이 새기기 위해,
우리에겐 침묵이 필요합니다.
우리가 새로워지기 위해, 변화되기 위해서도
우리에겐 그분과 홀로 있는
침묵의 시간이 필요합니다.
침묵은 우리가 새로운 시야로
삶을 바라보게 해 줍니다.
침묵 안에서 우리는 하느님의 은총으로 충만해져서
모든 것을 기쁨으로 행하게 됩니다.

우리가 침묵을 지키려고 깨어 있기만 하면
기도하기가 훨씬 쉬울 것입니다.
수도 없이 반복되는 말들,
말이나 글로써 표현하고 싶은
너무 많은 이야기들이 마음에 가득하지요.
우리의 기도 생활은 많은 아픔을 겪습니다.
이것은 우리의 마음이
고요하지 못하기 때문입니다.

눈을 들여다보면
마음에 평화가 있는지 없는지를
가늠할 수 있습니다.

기쁨을 반사하는 이들을 우리는 가끔 보게 되지요.
그들의 눈에서는 순결함이 빛납니다.
우리가 늘 마음의 침묵을 지니기를 원한다면
눈의 침묵부터 지키십시오.
여러분의 두 눈을 더 깊이 기도하는 일에
사용하십시오.

�〜 인간에겐 침묵이 필요합니다.

홀로 있든지 함께 있든지
침묵 안에서 하느님을 찾아야 합니다.

바로 그 침묵 안에서
우리는 바쁜 활동에 필요한
영적인 힘을 모읍니다.
바로 그 침묵 안에서
우리는 우리 앞에 들이닥친
크고 작은 심각한 문제들을
해결하고 대처할 힘을 얻습니다.

천지창조 이전에도 침묵이 있었습니다.
아무 말 없이 고요하게 하늘이 펼쳐졌습니다.

내적인 침묵은 어렵지만
우리는 이를 위해 노력해야 합니다.
침묵 안에서 우리는 새로운 에너지를,
참된 일치를 발견할 수 있습니다.
침묵에서 얻어지는 하느님의 에너지는
곧 모든 일을 잘하기 위한
우리의 에너지이기도 합니다.

이 모두는 기도를 향한 가장 기초적인 단계입니다.
그러나 첫걸음이 확고하게 되어 있지 않다면
'하느님의 현존'이라는 마지막 단계에도
도달할 수 없을 것입니다.

● 그대가 진정으로 기도하기를 열망한다면

침묵을 지키십시오.

어린아이처럼

어제는 지나가 버렸습니다.

내일은 아직 오지 않았습니다.

우리에겐 지금 오늘이 있습니다.

어린아이와 같은 단순함으로,

더 많이 사랑하려는 순수한 열망으로,

지금 이 순간 기도하십시오.

❥ 나의 비결은 아주 단순합니다.
그것은 곧 기도하는 것입니다.

❥ 기도란 우리가 하느님께 단순하게
이야기하는 것입니다.
그분이 우리에게 말씀하시고 우리는 듣습니다.
우리가 그분께 이야기하면 그분은 들으십니다.
말하는 것과 듣는 것,
두 가지 방법으로 진행되지요.

기도란 그런 것입니다.
양쪽이 다 듣는 것, 양쪽이 다 말하는 것.

하루의 일과를 기도로써 시작하고
기도로써 마무리하십시오.
하느님께 어린아이와 같이 다가가십시오.
기도하기가 어렵게 여겨지면 이렇게 아뢰십시오.

오십시오, 성령님.
제 마음을 깨끗이 만드시어
제가 기도할 수 있도록
저를 이끄시고 보호해 주십시오.

사랑의 선교회에서는
매일의 일과를 공동체 기도서에 있는
아래의 기도문으로 똑같이 시작합니다.

좋으신 주님, 위대한 치유자시여,
당신 앞에 무릎 꿇어 경배하옵니다.
모든 온전한 선물은
당신으로부터 비롯됨을 알고 있습니다.
비오니 제 손에 기술을,
제 생각엔 투명한 확신을,
제 마음엔 친절과 온유함을 주소서.

목적에 대한 꿋꿋한 신실함을 지니게 하시고
이웃이 겪는 고통의 일부나마 저의 것으로
들어올릴 수 있는 용기를 주소서.
이것이 저에게 유익이 됨을 깨달을 수 있게 하소서.
제 마음에서 교활함과 세속적인 욕심들을 없애 주소서.
어린이의 순수한 믿음으로
오직 당신께만 의지하게 하소서.
아멘.

여러분은 어떻게 기도합니까?
주님께 어린아이처럼 가까이 가야 합니다.
어린아이는 자신의 마음속에 있는 많은 말들을
극히 단순한 말로 표현하는 데
어려움을 겪지 않습니다.

어린아이가 버릇없이 되거나
거짓말을 배우지 않았다면
모든 것을 다 제대로 말할 수 있습니다.
이것이 내가 여러분에게 말하는
'어린아이와 같아짐'이라는 뜻입니다.

우리는 어떻게 기도하기를 배워야 할까요?
그것은 기도함으로써 가능합니다.
기도하는 방법을 모른다면 기도하는 데
어려움을 겪습니다.
우리는 스스로 기도하기를 배워야만 합니다.
그대를 돌보고 사랑하시는 하느님에 대한
절대적인 신뢰로 기도하십시오.
하느님의 기쁨이 그대를 가득 채운다면
이것이야말로 소리 없는 설교가 되기에 충분합니다.

꼭 성당 안이나 기도실에 있지 않더라도
여러분은 어느 시간, 어느 장소에서나
기도할 수 있습니다.

기도하기를 사랑하고 ──
기도의 필요성을 더 자주 느끼십시오.
매일의 일과 중에 자주 기도하는 수고를 하십시오.
잘 기도하려고 애쓰면 애쓸수록
여러분은 더욱 훌륭한 기도를 바칠 수 있을 것입니다.

더 많이 기도할수록
기도는 그만큼 쉬워집니다.
기도가 쉬워지면 기도를 더 많이 하게 됩니다.

여러분은 일하는 동안에도 기도할 수 있습니다.
일은 기도를 방해하지 않으며
기도 또한 일을 방해하지 않습니다.
그분을 향해 아주 조금만
마음을 들어올리는 것으로 충분합니다.

하느님, 저는 당신을 사랑합니다.
저는 당신을 신뢰합니다.
저는 당신을 믿습니다.
지금 저에겐 당신이 필요합니다.

이렇게 단순한 고백도 훌륭한 기도인 것입니다.

- 겸손, 신뢰, 자아 포기에 있어서
  우리는 강한 의지를 별로 활용하지 않는 듯합니다.
  모든 것은 '내가 하겠다.' '내가 하지 않겠다.'는
  말에 달려 있으며
  '내가 하겠다.'고 할 때는
  나의 모든 에너지를 그 안에 쏟아부어야 합니다.

- 우리가 기도에 대해 말을 할 때는
  그 뜻을 알고 있어야 하며
  우리에게 대단한 유익이 되는 기도의 말마디가
  얼마나 감미로운가를 느낄 수 있어야 합니다.
  하루를 지내는 동안
  우리는 기도의 말을 깊이 묵상하고
  자주 그 안에서 쉼을 찾아야 합니다.

‘주님, 저는 당신을 사랑합니다.’
‘주님, 죄송합니다.’
‘주님, 저는 당신을 믿습니다.’
‘주님, 저는 당신을 신뢰합니다.’
‘당신께서 저희를 사랑하신 것처럼
저희도 서로 사랑할 수 있도록 도와주십시오.’라고
여러분은 말할 수 있을 것입니다.

여러분은 다른 이들이 하는 일들을 위해 기도하거나
그들을 도와줄 수 있을 것입니다.
예를 들면 우리 수도 공동체 안에서
‘제2의 우리’라고 할 만큼
도움을 주는 이들이 있습니다.
이들은 밖에서 활동하기 위하여 강함을 필요로 하는
수녀들을 위해 특별히 기도합니다.
우리에겐 온종일 우리를 위해서 기도해 주는
관상 수녀와 수사들이 있습니다.

시편 작가는 이렇게 노래했습니다.

> 언제나 주님을 제 앞에 모시어
> 그분께서 제 오른편에 계시니
> 저는 흔들리지 않으리이다.

하느님은 내 안에 있는 나보다도 더욱 친밀한 현존으로
우리 각자 안에 계십니다.
그분 안에서 우리는 살고 움직이고
우리 존재를 확인합니다.
존재하는 모든 것들에 힘과 생명을 주시는 분은
바로 그분이십니다.
그분의 지속적인 현존은 모든 것을
아무것도 아니게 만듭니다.

여러분은 늘 하느님 안에 있음을——
하느님 안에 잠겨 있고 하느님으로
에워싸여 있다는 것을 깊이 생각하십시오.

우리는 기도 안에서 서로를 도와야 합니다.

우리 마음을 자유롭게 합시다.

기도를 너무 길게 끌지 말고 오히려 짧게

그러나 깊은 사랑을 지니고 합시다.

기도하지 않는 이들을 대신해서 기도합시다.

우리가 사랑하기를 원한다면

우리는 기도할 수 있어야 합니다.

성 프란치스코가 당신 자신과
주님을 사랑하는 모든 이들을 위해
'평화의 기도'를 지은 지도 800여 년이 지났습니다.

주님, 저를 당신의 도구로 써 주소서.

미움이 있는 곳엔 사랑을 심게 하고
다툼이 있는 곳엔 용서를 심게 하고
불화가 있는 곳엔 일치를 심게 하소서.

오류가 있는 곳엔 진리를 심게 하고
의혹이 있는 곳엔 믿음을 심게 하고
절망이 있는 곳엔 희망을 심게 하소서.

어둠이 있는 곳엔 빛을 심게 하고
슬픔이 있는 곳엔 기쁨을 심게 하소서.

오, 거룩하신 주님,
위로받기보다는 위로할 수 있도록
이해받기보다는 이해할 수 있도록

사랑받기보다는 사랑할 수 있도록
저를 도우소서.

우리는 줌으로써 받고,

용서함으로써 용서받으며,

죽음으로써 새롭게 영생을 얻을 수 있기 때문입니다.

우리가 너무 완벽하게 기도하려고 애쓴다면
우리는 실패할 것입니다.
우리는 금방 낙담하고
기도를 포기해 버릴지도 모릅니다.
하느님께서는 때로 우리에게 실패를 허락하시지만
우리가 자포자기하는 것은 원치 않으십니다.
그분은 우리가 어린아이 같아지기를, 겸손해지기를,
기도 안에서 감사할 수 있기를 원하십니다.

- 하느님께 직접 말씀드릴 수 있도록 힘쓰십시오.
그냥 아뢰십시오.
모든 것을 그분께 이야기하십시오.
어느 종교에나 상관없이 그분은
우리의 아버지이십니다.
우리는 그분을 전적으로 신뢰해야 합니다.
믿고 사랑하고 그분을 위해서 일해야 합니다.
우리가 기도한다면,
필요한 모든 것을 얻을 수 있습니다.

- 하느님께서 그대의 동의를 구하지 않고서도
그대를 쓰실 수 있도록 자신을 내어놓으십시오.

주님, 제겐 오직 당신뿐입니다.
모든 것은 당신을 위해서 있습니다.
저를 당신 뜻대로 쓰십시오.

내가 제일 좋아하는 봉헌 성가 중에
「오직 그림자일 뿐Only a Shadow」이 있습니다.
그 노랫말은 이렇습니다.

주님, 당신을 위한 저의 사랑은
당신의 영원한 사랑에 비한다면 그림자에 불과하지요.
당신께 대한 저의 믿음 역시
당신이 저를 믿어 주시는 그 깊은 신뢰에 비한다면
그림자일 뿐이에요.
저의 삶은 오직 당신 손안에 있어요.
제가 오직 당신만을 따른다면, 주님,
당신을 향한 저의 사랑 역시 성숙해 가겠지요.
제 안에서 당신의 빛이 빛을 발할 것이며
제가 지닌 오늘의 꿈과 소망은
당신께서 제게 지니신 꿈과 소망의 그림자에 불과해요.
오늘 제가 느끼는 기쁨 역시
당신의 그 기쁨에 비하면 그림자일 뿐이지요.
어느 날 우리가 직접 만나 누릴 그 기쁨에 비하면
모든 것은 다 그림자일 뿐이랍니다.

차분히 기도하며 살기에는
우리의 삶이 너무도 바쁘다며
기도할 수 없는 이유를 대며
변명하는 이들이 있습니다.

그러나 이것은 있을 수 없는 일입니다.

기도는 우리가 하는 일들을 훼방하지 않을 뿐 아니라
오히려 기도하는 것처럼 일을 계속할 수 있게
해 줍니다.

좋다고 해서 끊임없이 묵상을 해야 하거나
그분과 이야기하는 것을
감각적으로 느껴야 할 필요는 없습니다.
어떤 처지에서든 그분과 함께 있는 것,
그분 안에 머무는 것,
그분의 뜻을 따라 사는 것만이 중요합니다.

• 하느님은 순수하고 깨끗함 그 자체이십니다.
어떤 더러운 것도 그분 앞에서는
용납되지 않으니까요.
그럼에도 불구하고 그분은 더러운 것을 더럽다고
미워하실 수가 없으실 것입니다.
그분은 사랑 자체이시고 우리가 깨끗하지 못해도
우리를 사랑하십니다.

하느님은 사랑 자체이시기에 사랑하십니다.
그러나 불순하고 더러운 것은
하느님을 뵙는 데 방해가 되는 것 또한 사실입니다.

◟ 우리의 영혼은 하느님을 감지할 수 있는
   투명한 수정과 같아야 할 것입니다.

◟ 그 수정은 가끔 먼지나 얼룩으로
   뒤덮여 있기도 할 것입니다.
   지저분한 것들을 없애고
   깨끗한 마음을 지니기 위해서
   우리는 자신의 영혼과 내면을 살펴봐야 합니다.
   우리가 허락하는 한 하느님께서는
   우리의 오물을 없애도록 도와주실 것입니다.
   우리가 원하기만 하면
   그분의 뜻이 이루어질 것입니다.

● 자신을 비우려고 애쓰면 애쓸수록
하느님이 채우실 방을 마련하는 것입니다.

● 그분께 드릴 것이 정녕 아무것도 없다면
아무것도 아닌 것 자체를 드리기로 합시다.

- 부자들이 물심양면으로 그 부를 제대로 쓰지 못할 때
  우리를 매우 답답하고 힘들게 만듭니다.
  가능하면 당신 자신을 비워 두십시오.
  그래야 하느님께서 채워 주실 수 있습니다.

- 하느님 자신도 이미 채워져 있는 곳은
  더 이상 채우실 수가 없습니다.
  그분은 당신 자신을 우리에게
  강압적으로 밀어넣진 않으십니다.

내어줄 것을 얼마만큼 갖고 있느냐보다는
얼마만큼 자신을 비우고 있느냐가 문제입니다.
비워야만 가득히 받을 수 있는 것이 우리의 삶입니다.

당신 자신에게서 눈을 떼고 ━━
당신이 아무것도 아님을,
아무 가진 것이 없으며,
아무것도 할 수 없음을 기뻐하십시오.

◟ 우리는 기도해야 합니다.
기도하지 않는 모든 이들을 대신해서
기도해야 합니다.

◟ 우리는 모두 기도의 전문가들이 되어야만 합니다.

❧ 기도하기를 즐겨하십시오.

하루의 일과 중 기도의 필요성을 자주 느끼고

기도하는 노력을 게을리하지 마십시오.

하느님은 항상 우리에게 말씀하고 계십니다.

그분의 말씀을 들으십시오.

❧ 우리에게 잠시의 휴식이란

기도를 더 잘하기 위해서 있습니다.

참된 쉼은 마음의 거미줄을 말끔히 치워 줍니다.

◟ 여러분이 기도할 때는
지금껏 받은 모든 선물들에 대해서
하느님께 감사를 드리십시오.
모든 것은 다 그분의 것이고 그분의 선물입니다.

◟ 여러분은 하느님의 선물입니다.

할 수 있는 최선의 노력을 멈추지 않는 한
실패에 대해서 실망할 필요가 없습니다.
성공에 대해서 연연할 필요도 없습니다.
우리는 늘 하느님께 신뢰를 두어야 하며
지극히 성실해야 합니다.

기도에 성실함을 다하십시오.
당신은 기도를 하고 있습니까?
당신은 기도하는 법을 알고 있습니까?
당신은 기도하기를 좋아하십니까?

성실함이란 바로 겸손을 뜻합니다.
굴욕을 받아들임으로써만
우리는 겸손에 도달할 수 있습니다.

◢ 겸손에 대해서는
이미 말해진 것만으로는 알 수 없습니다.
겸손에 대해 읽는 것만으로는
겸손을 아는 데 충분하지 않습니다.
당신은 모욕을 당하고 이를 받아들임으로써
겸손을 배울 수 있습니다.
삶의 모든 순간을 통하여 당신은
굴욕을 체험할 것입니다.

◢ 가장 위대한 겸손은
자신이 아무것도 아님을 깨닫는 것입니다.
기도 안에서 하느님과 마주할 때
당신은 이것을 알게 될 것입니다.
하느님과 마주하면 그대 자신이 아무것도 아니며,
아무것도 지닌 게 없음을 절감할 수밖에 없습니다.

우리가 전적으로 그분께 속해 있다면
모든 것을 그분의 처분에 맡기고
그분을 신뢰해야 합니다.
어떤 이유로도 미래에 대한 걱정에
정신이 팔려 있어서는 안 됩니다.
왜냐하면 우리에겐
하느님이 계시기 때문입니다.

어제는 지나가 버렸습니다.
내일은 아직 오지 않았습니다.
우리에겐 지금 오늘이 있습니다.
그러니 다시 시작합시다.

먼 곳에서 하느님을 찾지 마십시오.
그분은 먼 곳에 계시지 않습니다.
그분은 바로 당신 가까이 계십니다.
당신과 더불어 계십니다.
항상 그분을 뵈올 수 있도록
등불이 꺼지지 않고 타오르게 하십시오.
깨어서 기도하십시오.

등불을 밝히면 거기서
그분의 사랑을 발견할 수 있을 테고,
당신이 사랑하는 주인이
얼마나 좋으신가를 발견할 것입니다.

그 어느 때보다도
기도가 필요합니다.

그분의 뜻을 알아듣기 위해
기도가 필요합니다.

그분의 뜻을 사랑으로
받아들이기 위해
기도가 필요합니다.

그분의 뜻을 실천하기 위해
기도가 필요합니다.

◆ 어린아이와 같은 단순함으로 기도하십시오.
더 많이 사랑하려는 순수한 열망으로 기도하십시오.

사랑받지 못한 이들을
더 많이 사랑하려는 열망을 지니십시오.
우리를 위해 여러 가지 방법으로,
여러 장소에서 베풀어 주신
하느님의 사랑에 깊이 감사하십시오.

◆ 주님, 우리 자신을 넘어서
활짝 열린 마음으로 길을 갈 수 있도록
우리를 이끌어 주십시오.

✎ 기도가 열매 맺기 위해서는

마음으로부터 우러나야만 하고

하느님의 마음을 건드릴 수 있어야 합니다.

마음을
여는 것

당신의 눈을 감고,

당신의 입을 닫고,

그 대신

당신의 마음을 여십시오.

여러분에게 베풀어 주실
하느님의 사랑을 향해 마음을 여십시오.
그분은 여러분을 다정하게 사랑하십니다.
그 사랑은 가둬 두는 사랑이 아니고
나누어 주는 사랑입니다.

우리의 기도는 사랑으로 가득 차
불타는 마음의 난로에서 나오는
뜨거운 말이어야 합니다.
기도할 때는 지대한 존경과 확신을 지니고
하느님께 이야기하십시오.

● 질질 끌지도 말고 너무 서두르지도 마십시오.
크게 소리치지도 말고 잠잠하지도 마십시오.

어떤 겉꾸밈도 없이 열렬하고 감미롭게
자연스런 단순함을 지니고
온 마음과 영혼을 다해 주님을 찬미하십시오.

우리는 매일 새롭게 결심해야 합니다.
회개의 첫 순간처럼 새로운 열성을 지니고
이렇게 말해야 합니다.

도와주십시오, 주님,
좋은 결정을 위하여,
거룩한 봉사를 위하여,
이날을 참으로 새롭게 시작할 수 있는 은총을 주십시오.
지금껏 제가 해 온 일들은 아무것도 아니었습니다.

책을 읽는 것이 아니라
우리의 정신과 마음에서 우러나오는 기도를 가리켜
관상기도라고 부릅니다.

염경기도에서는
우리가 주님께 말씀드리고
마음의 기도에서는
그분께서 우리에게 말씀하십니다.
바로 거기에서 주님은 당신 자신을
우리에게 열어 보이십니다.

관상기도는 무엇보다도 자기 자신을 잊어버리고
우리의 몸과 오관을
초월한 단순성에 맡기면서 고양됩니다.
지속적인 열망은 기도 생활에
양분을 더하여 줍니다.

성 요한 비안네는
'당신의 눈을 감고, 당신의 입을 닫고
그 대신 마음을 여십시오.'라고 말했습니다.

- 기도는 우리가 하느님 자신을
  선물로 받아 안을 수 있을 만큼
  우리 마음을 넓혀 줍니다.
  그분을 받아들이기에 충분할 만큼
  마음이 크고 넓어지도록 계속 구하고 찾으십시오.
  그분을 당신 자신의 것으로 삼을 수 있도록.

- 당신이 하는 모든 말들,
  모든 행동들을 하느님께 봉헌하십시오.
  우리는 나날이 하느님과
  사랑에 빠져야 합니다.

하느님의 일을 더 잘 해내기 위해서도
우리에겐 기도가 필요합니다.
그래야만 모든 순간에 우리가 그분께
온전히 해야 할 바를 알게 됩니다.

우리는 끊임없이 노력해야 합니다.
하느님의 현존 안에서 걸을 수 있도록
우리가 만나는 모든 사람들 안에서
그분을 뵈올 수 있도록
그리고 하루 종일 기도의 삶을 살 수 있도록
깨어 있어야 합니다.

사랑은 철 따라 맺는 열매와 같습니다.
사랑은 누구나 그 열매를 거둘 수 있고
거기엔 제한이 없습니다.

누구든지 묵상을 통해서
기도와 희생으로 농축된 내적 생활을 통해서
이 사랑에 도달할 수 있습니다.

우리는 참으로 이런 삶을 살고 있습니까?

우리는

꾸준하고 참을성 있게

그리고 커다란 사랑을 다해서
기도해야 합니다.

◟ 매일 그리고 죽음의 순간에 이르기까지
사랑은 우리에게 삶 자체이며,
호흡과 같아야 합니다.

◟ 그대는 한 점 어두운 빛입니까?
아니면 가짜입니까?
전선 없는 전구처럼 빛을 발산하지 못하고 있습니까?

그러면 그대의 마음을 밝은 빛
그 자체 안으로 충전시키십시오.

◗ 우리가 하는 일의 종류,
일의 분량이 중요한 게 아니고
얼마만큼 사랑을 지니고 일을 했느냐가 중요합니다.
그래야만 사랑으로 일하시는 하느님께
사랑을 온전히 드리는 것입니다.

◟ 마음의 침묵 속에서

하느님은 말씀하시고 우리는 듣습니다.

그 충만한 침묵 속에서

우리는 하느님께 말씀드리고 그분은 들으십니다.

◢ 우리가 죄를 짓고 무언가를 잘못했을 때에도
  하느님께 가까이 다가가는 노력을 합시다.
  그분께 겸손되게 아룁시다.

   저는 이런 실수를 범하지 말았어야 했습니다.
   그러나 이런 잘못조차 당신께 봉헌하렵니다.

✦ 마음 깊은 곳에서 우러나오는 것이 아니라면
우리의 말은 소용이 없습니다.

✦ 자신을 온전히 하느님께 바치십시오.
그분은 여러분이 나약한 가운데서도
훌륭한 일을 성취하도록 하실 것이며
이것은 여러분 스스로가 믿는 정도보다
훨씬 웃도는 일일 것입니다.

◈ 마음이 깨끗하고 순수하다면
　백인, 흑인, 헐벗은 이,
　고통받는 나환우들, 임종하는 이들
　모두에게서 하느님의 모습을 발견할 수 있습니다.

　이렇게 될 수 있도록 우리는 항상 기도해야 합니다.

◈ 하느님은 우리 안에 살고 계십니다.
　이것은 그분이기에 가능한 아름다운 현실이지요.
　당신이 순결한 마음을 지니기만 한다면
　어디에 있든지 상관없습니다.
　마음이 깨끗하다는 것은
　완전한 자유와 솔직함을 의미합니다.
　어떤 걸림돌이나 장애물 없이
　하느님의 사랑을 향해 나아갈 수 있는
　초연함을 뜻합니다.

매일 침상으로 가기 전에

여러분은 의식 성찰을 해야 합니다.

(내일 아침에 여러분이 아직 살아 있을지

모르기 때문이지요!)

어떤 일로 분심이 들거나 잘못한 일이 있거든

여러분은 그것을 만회해야 합니다.

만약 여러분이 어떤 물건을 훔쳤다면

그것을 되돌려 주어야 하는 것과 마찬가지입니다.

◡ 만일 여러분이 어떤 사람에게
상처를 주었다면 화해하도록 하십시오.
그에게 직접 화해를 시도하십시오.
혹시 그렇게 할 수 없다면 적어도
하느님께 '죄송합니다.'라고 아뢰십시오.
이것은 중요합니다.
사랑하는 사람은 뉘우칠 수도 있어야 합니다.

'주님, 당신의 마음을 언짢게
해 드렸음을 용서하십시오.
다시는 그리하지 않도록 노력하겠습니다.'라고
고백할 수 있어야겠습니다.

❧ 죄에서 벗어난 자유로움 ──
이것이 깨끗한 마음을 가능하게 합니다.
하느님은 자비로우신 분임을,
우리 모두에게 자비로우신 아버지이심을
기억하십시오.
우리는 그분의 자녀들이며,
그분은 우리의 잘못을 용서하시고
잊어버리시는 아버지이십니다.

❧ 설령 당신이 누구를 충분히 용서했다고 여겨지더라도
정말 그러한지 당신의 마음을 잘 살펴보십시오.
우리가 다른 이를 용서하지 못한다면
어떻게 감히 하느님께 용서를 청할 수 있겠습니까?

어려운 관계로 고민하는 부부에겐
어떤 충고를 해 줄 수 있겠느냐고
사람들은 가끔 나에게 묻습니다.
나는 항상 대답하지요.
'기도하고 용서하십시오.'라고
난폭한 가정에서 자란 젊은이들에게도,
함께 지낼 가족이 없는 외로운 이에게도
'기도하고 용서하십시오.'라고 말해 줍니다.

당신이 진정 깨끗한 마음으로 회개한다면
하느님 면전에서 죄사함을 받을 것입니다.
당신이 참으로 솔직하게 고백하면
그분은 용서하실 것입니다.

당신에게 상처를 준 사람들을 용서할 수 있도록
당신이 싫어하는 사람들을
용서할 수 있도록 기도하십시오.
당신이 다른 이들로부터 용서를 받은 것과 같이
당신도 용서하십시오.

◡ 기도는 기쁨입니다.

기도는 하느님의 사랑을 비추어 주는 햇빛과
같습니다.

기도는 영원한 생명을 향한 희망입니다.

기도는 여러분 모두와 나를 위해서 타오르는
하느님 사랑의 불꽃입니다.

서로를 위해 기도합시다.

이것은 가장 훌륭한 사랑의 방법이니까요.

◡ 오늘 하루도 하느님의 사랑의 빛으로 가득하기를!

🌙 하느님은 사랑이시며
  아직도 이 세상을 사랑하십니다.
  그분은 오늘도 이 세상을 극진히 사랑하시지요.
  당신과 내가 힘을 모아 사랑하라고 주신 이 세상을
  연민과 사랑으로 돌보십니다.

🌙 우리는 우리 마음을
  숭고한 사랑으로 가득 채워야만 합니다.
  사랑이 진실하고 열렬하기 위해서
  매우 유별나야 한다고 상상하지 마십시오.

하느님은 우리 하나하나를
개별적이고도 정답게 사랑하십니다.
우리에 대한 그분의 우정과 기대는
우리가 그분을 향한 갈망보다 훨씬 더 친밀합니다.

하느님의 사랑에는 한계가 없습니다.
한계가 없기에 그 깊이 또한 헤아릴 길 없습니다.

하느님과 이웃에게
당신이 감사를 표현하는 제일 좋은 방법은
모든 것을 다 기쁨으로 받아들이는 것입니다.
기쁨으로 가득 찬 마음이야말로
사랑으로 타오르는 데서 오는 당연한 결과입니다.

교만하고, 무례하고, 시무룩하고,
이기적으로 행동하기란 아주 쉽습니다.
그러나 우리는 좀 더 고귀한 것을 위해서
지음받았습니다.

왜 우리는 자신을 비하시킴으로써
우리 마음 안에 있는 아름다움을 손상시킵니까?

마음의 침묵 속에서 하느님은 말씀하십니다.
그분은 우리에게 무어라고 말씀하실까요?
아마도 이렇게 말씀하실 것 같군요.

나는 너의 이름을 불렀다. 너는 나의 것이라고──
어떤 물결도 너를 삼키지 못하고,
어떤 불길도 너를 태우지 못할 것이다.
너를 위해서라면 모든 민족과 나라도
포기할 수 있을 만큼
너는 나에게 소중한 존재이다.

비록 어느 어머니가 그 아이를 잊을지언정
나는 너를 잊지 못한다.
나는 너를 내 손바닥에 새겨 두었다.

우리가 잘 듣기 전에는 잘 말할 수 없습니다.
더구나 하느님과 깊이 연결되어 있지 않고서는
좋은 말을 할 수 없습니다.
우리의 내면이 충만할 때에야 입은 말을 할 수 있고
우리 마음도 말을 할 수 있을 것입니다.

한 번쯤은 하느님의 사랑이 온전히
그리고 절대적으로
당신의 마음을 소유하도록 해 보십시오.
제2의 본성처럼 자연스럽게 그리 해 보십시오.

마음을 괴롭히는 어떤 것도 들여놓지 말고
오직 하느님의 사랑에 맛들이고
그분을 기쁘게 할 일만 생각하면서
아무것도 거절하지 않겠다는 일념으로
그리 해 보십시오.

모든 것을 그분의 손을 통해 받으십시오.
일부러 죄를 짓거나 잘못하지 않겠다는
결심을 새롭게 하십시오.
만약 그래도 또 잘못한다면 겸손하십시오.
다시 한번 즉시 일어서는 용기로
지속적인 기도를 해야 합니다.

침묵 안에서
마무리하기

침묵은 모든 것을 새롭게
바라볼 수 있게 해 줍니다.
다른 이에게 다가가기 위해서라도
우리에겐 침묵이 필요합니다.

◟ 기도하는 영혼들은
   깊이 침묵하는 영혼들입니다.

◟ 침묵은 아름다운 기도의 열매입니다.

   입술의 침묵,
   마음의 침묵,
   눈의 침묵,
   귀의 침묵,
   정신의 침묵,

   우리는 이 다섯 가지 침묵을 배워야 하겠습니다.

하느님은 침묵의 벗이십니다.
대자연을 보십시오.

나무들, 꽃들, 잔디가 침묵 속에 자라나고 있습니다.
하늘의 별님, 달님, 해님도 침묵 속에서
움직이고 있지 않은가요?

침묵 속에서 하느님은
우리의 목소리를 들으실 것입니다.
거기서 우리 영혼에게 말씀하시고
우리는 그분의 목소리를 알아듣게 될 것입니다.

침묵의 열매는 믿음입니다.
믿음의 열매는 기도입니다.
기도의 열매는 사랑입니다.
사랑의 열매는 봉사입니다.
그리고 봉사의 열매는 침묵입니다.

자신이 텅 비어 있음을
아무것도 아님을
깨닫는 겸손의 상태가 되어야
하느님은 여러분을 당신 자신으로
가득히 채워 주실 것입니다.

✤ 침묵은 우리가 모든 것을
새롭게 바라볼 수 있게 해 줍니다.
다른 이에게 다가가기 위해서라도
우리에겐 이 침묵이 필요합니다.

✤ 하느님은 침묵의 좋은 친구이십니다.
그분의 언어는 침묵입니다.

고요하라.
그러면 그대는 내가
하느님임을 알게 될 것이니.

모든 사람을
위한 기도

내가 할 수 없는 일을 당신이 할 수 있습니다.
당신이 할 수 없는 일을 내가 할 수 있습니다.

우리가 서로를 보완할 수 있음은
얼마나 아름다운 일입니까!

◦ 우리가 침묵 안에서 힘을 얻으면
더 효율적으로 활동할 수 있습니다.

◦ 중요한 것은 우리가 말하는 것이 아니라
하느님께서 우리를 통해 말씀하시고자 하는 것입니다.

안으로부터 걸러진 것이 아니라면
우리의 말들은 별로 의미가 없습니다.

◦ 내가 할 수 없는 일을 당신이 할 수 있습니다.
당신이 할 수 없는 일을 내가 할 수 있습니다.

이렇게 우리는 다 함께
하느님을 위한 아름다운 일을 할 수 있습니다.

◦ 주님은 여러분의 성공을 강요하진 않으십니다.
그러나 여러분의 믿음을 요구하십니다.

하느님을 대면했을 때
결과는 그다지 중요하지 않습니다.
그러나 충실한 믿음만은 중요합니다.

◦ 극적이고 요란한 활동을 위해 전전긍긍하거나
분투할 필요는 없습니다.
매사에 사랑을 넣어서 행동하는 것,
받은 선물을 헤아려 보는 것이 훨씬 더 중요합니다.

◦ 우리는 그다지 거창한 일을 할 수는 없을지 모릅니다.
그러나 작은 일들을 큰사랑으로 할 수는 있습니다.

❧ 기도의 열매는 믿음을 깊게 하는 것입니다.

❧ 작은 일들에 충실하십시오.

당신을 키우는 힘은 바로 거기에 있으니까요.

피가 우리의 몸에 영양을 공급하듯이
기도는 우리의 영혼에 영양을 공급합니다.
또한 기도는 우리를 주님께 가까이 데려갑니다.

당신의 영혼이 하느님으로 가득 차게 된다면
모든 일들을 전심으로 잘할 수 있을 것입니다.

진정 하느님으로 가득 찬 상태에서는
모든 것이 다 잘됩니다.
기도하는 법을 배우고, 기도를 사랑하고,
기도를 잘할 때
이것은 더욱 가능합니다.

● 알고 싶은 것의 주변을 맴돌수록
　이해도 그만큼 빠르게 마련입니다.

　주님께 대한 사랑을 지니고 일하기 위해서
　기도가 얼마나 필요한가를 절감하면 할수록
　기도에 대한 이해도 빨리 깨치게 될 것입니다.

● 하느님은 가끔 유능하고 재능 있는 사람이
　엉망으로 되는 상태를 허락하십니다.
　사랑으로 엮어진 것이 아니라면
　훌륭한 일도 소용이 없기 때문이지요.

사랑은 화석처럼 굳은 것이 아니고
생생히 움직이는 삶인 것입니다.
사랑으로 일하는 것, 사랑으로 증거하는 것은
평화로 가는 길이기도 합니다.

사랑은 어디에서 시작될까요?
바로 우리의 마음 안에서 시작됩니다.

우리는 세상에 단지 숫자를 더해 주기 위해서
태어난 것이 아닙니다.
일을 잘하기 위해 학위를 따거나
신분을 보장받기 위해서도 아니고
좀 더 고귀한 것을 위해
우리가 창조되었다는 것을 알아들어야 합니다.

우리가 기도를 소홀히 한다면
가지가 줄기에 연결되어 있지 않듯이
말라 버릴 것입니다

기도는 줄기에 연결되어 있는 가지와 같습니다.
줄기에 연결되면 거기에 사랑과 기쁨이 있고
우리는 하느님의 사랑을 반영하는 밝은 빛이 되며
활활 타오르는 사랑의 불꽃을,
영원한 행복에 대한 희망을 지닐 수 있을 것입니다.

◂ 하느님의 사랑을 반사하는 밝은 빛이 되는 것 ——
이것이야말로 우리의 존재 이유입니다.

● 기도의 열매는 순결한 마음입니다.

　순결한 마음은 자유롭게 사랑합니다.

● 순결한 마음을 지닌다는 것은

　하느님께 솔직하고 정직하게 열려 있음을 뜻합니다.

　아무것도 그분께 숨기지 않는 것이지요.

　그래야만 그분은 여러분을

　당신 마음대로 쓰실 수가 있습니다.

◟ 모든 것을 다 잘할 수 있도록 이끌어 주는
하느님의 놀라운 힘,
그 에너지를 우리의 것으로 삼읍시다.

그분의 생각에 우리의 생각을 일치시키고,
그분의 기도에 우리의 기도를 일치시키고,
그분의 행위에 우리의 행위를 일치시키고,
그분의 생명에 우리의 생명을 일치시킵시다.

일치는 기도와 겸손과 사랑의 열매입니다.

이웃에게 행하는 조그만 애덕의 가치를
소홀히 여기지 마십시오.
우리가 많은 일을 함으로 해서
주님을 기쁘시게 해 드리는 것이 아니라
우리가 얼마나 많은 사랑을 지니고
그 일을 했느냐가 중요한 것입니다.

이웃을 잘 안다함은
사랑한다는 것이며
또한 자신의 개인적인 봉사를
포함한다는 것을 명심하십시오.

우리가 하는
행동의 가치는

우리가 하는
기도의 가치와 비례합니다.

우리는 성급하게 주님의 낙원을 꿈꾸고 기다리지만
그 낙원이란 바로 지금 여기에
우리 손안에 있습니다.

하느님과 함께 우리가 행복하다는 뜻은
그분처럼 사랑하는 것입니다.
그분처럼 봉사하는 것입니다.
그분처럼 내어주는 것입니다.
그분처럼 섬기는 것입니다.

깊디깊은 마음의 고요 속에서
주님은 당신에게 말씀하시고
당신은 그분의 음성을 듣게 됩니다.

충만함 자체이신 주님으로 가득 찬 마음은
넘치는 사랑, 넘치는 자비, 넘치는 믿음에 의지하여
비로소 입을 열어 말할 수 있을 것입니다.

마음에 가득 찬 것이 손끝에 이르러
당신은 글을 쓸 수도 있을 것입니다.

마음에 있는 것을 글로 표현할 수 있고
또한 눈으로도 표현할 수 있습니다.

당신이 사람들을 만날 때
사람들은 당신의 눈 안에서 하느님을
만날 수 있어야 합니다.
당신이 매우 산만하고 세속적이면 사람들은
신 안에서 하느님을 만날 수 없을 것입니다.

마음 안에 가득 찬 것은 우리의 눈으로, 감각으로,
글이나 말로써 표현되기 마련입니다.
우리가 무엇을 주고받을 때도,
길을 걸을 때도 저절로 표현되기 마련입니다.

마음이 충만해 있으면
이미 그 자체로 다양한 방법을 통해
표출되기 마련입니다.

● 방황하는 것은 좋지 않지만
　자아 포기를 위한 방황은 오히려 바람직합니다.

아무것도 소유하지 못했지만
우리는 멋지게 살며,
길이 안 보여도
두려움 없이 걷고 있습니다.
의지할 아무것도 없지만
확신을 지니고 하느님을 의지하면서 가고 있습니다.

우리는 그분의 것이고
그분은 예비된 우리의 아버지이십니다.

● 우리는 세속적인 성공의 삶으로가 아니라
　신앙적인 믿음의 삶으로 부름을 받았습니다.

콜카타에 있는 우리 본원에는
날마다 많은 방문객들로 붐빕니다.
나는 그들을 만날 때마다 각자에게
내가 만든 '카드'를 상기시켜 주곤 합니다.

'기도의 열매는 믿음,
믿음의 열매는 사랑,
사랑의 열매는 봉사,
봉사의 열매는 평화'라고 쓰인 ——

이것은 얼마나 아름답습니까!

칼리카트에 있는
'임종자의 집'에 온 어느 방문객은
도처에 스며 있는 평화의 분위기를
느끼고 매우 놀라워 했습니다.
나는 단순하게 대답했습니다.

하느님께서 이곳에 계시기 때문이지요.
인도의 카스트 제도도
서로 다른 종교도 여기서는 문제가 되지 않습니다.

우리가 하는 일이 가끔은
넓은 바다의 물 한 방울처럼
하찮게 여겨질 때가 있습니다.
그러나 그 한 방울의 물이 그 자리에 없다면
넓은 바닷물도 그만큼 줄어들겠지요.
그러므로 언제나 수량만을 생각할 필요는 없습니다.

우리는 한 번에 한 사람씩 사랑할 수 있습니다.
한 번에 한 사람을 섬기는 것이지요.

◟ 어디에 있든지 우리는
하느님의 부르심을 받았습니다.
우리가 하는 일 자체가 대단한 것이 아니고
그 일을 얼마만큼 사랑으로 하느냐가
중요한 것입니다.

◟ 음악을 연주하는 이에게
이렇게 말한 일이 있습니다.

　묘하게도 당신이 하는 일과
　우리가 하는 일은 서로를 보완시켜 주는군요.
　이러한 보완은 전에는 없었던 아름다운 일이 되겠지요.
　당신은 연주하는 행위로써 사람들에게 기쁨을 주고
　우리는 봉사로써 그렇게 하지요.
　당신이 춤추고 노래하는 것이나
　우리가 병자들을 씻기는 행위는
　결국 같은 것인 셈이지요.
　우리는 이 세상을
　하느님이 우리에게 주신 사랑으로 채우는 것입니다.

어떤 사람에게 기쁨이 있다면
그 기쁨은 그가 말을 할 때도, 길을 걸을 때도
그의 눈에서부터 자연스럽게 흘러나옵니다.

안에 있는 것이 감추어져 있을 수는 없지요.
밖으로 드러나기 마련입니다.

사람들이 당신의 눈에서
변함없는 기쁨을 발견한다면
그들 자신도 하느님의 사랑받는 자녀들임을
쉽게 이해할 수 있을 것입니다.

하느님의 현존 안에 사는 삶은
우리의 마음을 기쁨으로 가득 차게 해 줍니다.

그분과의 일치에서 오는 기쁨,
그분의 현존 안에 사는 데서 오는
기쁨을 누리십시오.

내가 말하는 기쁨이란
큰 소리로 웃는 것,
떠들썩한 무언가를 의미하는 게 아닙니다.
이것은 참기쁨이 아니지요.
오히려 위장되어 있는 기쁨입니다.

내가 말하는 기쁨이란
가장 깊고 고요한 데서 오는 내밀한 기쁨
그래서 우리의 눈에, 얼굴에, 태도에, 몸짓에
즉시 나타날 수밖에 없는 그런 기쁨을 의미합니다.

❧ 나는 이런 일이 일어나고 있음을 보게 됩니다.

하느님을 필요로 하는 이들이 함께 모입니다.
이로써 종교적이고도 경건한 분위기를 이루게 됨은
매우 아름다운 일입니다.
그들은 모두 하느님께 대하여 이야기합니다.

이것은 나에게 소중한 체험이었습니다.
나는 하느님에 대해서 말하는 모든 이들을
한데 불러모으고 싶은 충동을 느낍니다.
나는 이들 안에서 세상을 위한 새로운 희망을 봅니다.

♪ 지속적인 나눔의 삶, 함께 기도하는 것,
고통을 함께 나누는 것, 함께 일하는 것 등은
이 세상에 차츰 확산되고 있으며
이것은 대단한 힘을 지니고 있습니다.

♪ 우리는 아무것도 할 수 없고
주님께서 모든 것을 다 하십니다.
모든 영광은 마땅히 그분께로 돌려야 합니다.

어느 날 한 남자가 처방전 하나를
급히 들고 와서 우리에게 말했습니다.

나의 하나밖에 없는 아이가 죽어 가고 있습니다.
그런데 우리 아이에게 필요한 약은
인도에서는 구할 수가 없다는군요.

우리가 아직 이야기하고 있는 바로 그때
어떤 사람이 약품이 담긴 바구니를 들고 왔는데
제일 꼭대기엔 우리가 찾는
바로 그 약이 놓여 있는 것이었습니다.

그 약이 아주 안쪽에 있었으면
보지도 못했을 것입니다.
약을 가져온 그 사람이 좀 더 일찍 왔거나
좀 더 늦게 도착했어도 마찬가지입니다.

그러나 바로 그때 그 시간에
주님께서는 세계의 수많은 어린이들 중에서도
인도의 가난한 콜카타의 한 어린이를 친절하게

돌보셨구나 하는 생각이 들었습니다.

바로 적절한 시간에 꼭 필요한 분량의
약을 보내 주심으로써
한 어린이의 생명을 구한 것입니다.

나는 이토록 큰 하느님의 사랑과
자상하심을 찬양하지 않을 수 없습니다.

부유한 가정에서건
가난한 가정에서건 어린이들은 모두
세상 모든 것을 만드신 하느님의
사랑받는 자녀들입니다.

다양한 방법으로 다양한 장소에서
베풀어 주신 하느님의 사랑에 대해서
우리는 늘 감사합시다.

지극한 감사와 흠숭의 행위로써
그분을 사랑하겠다는 결의로써
우리가 받은 사랑을 그분께 돌려드립시다.

• 거룩함이란 소수의 사람들만을 위한
사치품이 아닙니다.
어떤 특정한 사람들에게만
국한되어 있는 것이 아닙니다.
그것은 당신과, 그리고 모든 사람을 위한 것입니다.
그것은 단순한 의무입니다.
우리가 사랑하는 것을 배운다면
거룩해지는 것도 배울 수 있습니다.

• 우리가 걷고 있는 삶의 길에서
우리에겐 아직 줄 것이 많고 나눌 것이 많습니다.

거룩함은 가정에서부터 시작됩니다.
하느님을 사랑하고,
그분을 위해 주위의 모든 사람들을 사랑한다면
우리는 거룩해질 수 있습니다.

주님께 대한 우리의 순명은 큰일뿐 아니라
아주 사소한 일들을 통해서도 이루어져야 합니다.
단순히 이렇게 말씀드리면 어떨까요.

네, 주님 당신께서 제게 주시는 것은
무엇이나 다 받아들이겠습니다.
드릴 만한 것이면 무엇이나 다 당신께 드리겠습니다.

이것이 바로 거룩함에 이르는 단순한 방법입니다.

마음을 너무 복잡하고
까다롭게 만들 필요가 없습니다.
거룩하게 된다는 것은
대단히 특별한 것을 뜻하는 게 아닙니다.
어떤 거창한 것에 대한 이해가 아니고
단순한 받아들임입니다.
나는 주님의 것이고, 그분께 헌신했음을

의미하는 전적인 봉헌입니다.

그러므로 그분이 나를 어디에 놓든지 상관없습니다.
그분은 나를 도구로 쓰실 수도 있고 안 쓰실 수도
있습니다.
나는 전적으로 주님께 속해 있기에
나를 어떻게 하시든지 문제 삼지 않는 것입니다.

✦ 여러분 안에서 주님의 은총이
생생히 드러나게 하십시오.
그분이 주시는 모든 것을 받아들이고
그분이 여러분에게 원하시는 모든 것을
드리겠다는 의지를 새롭게 하십시오.

다시 말하지만 참된 거룩함이란
주님의 뜻을 미소로 응답하는 것입니다.

✦ 우리가 성화聖化되는 정도는
하느님의 은총과 더불어
거룩하게 되려는 우리의 노력 여하에 달려 있습니다.
우리는 진정 거룩함에 도달하고자 하는
강력한 의지를 품고 있어야만 합니다.

◟ 우리는 섣불리 하느님의 행동에
개입하려 해선 안 될 것입니다.
그분이 우리에게 요구하시는 것을 외면해도 안 되며
미래에 대하여 훤히 앞질러 알고 싶은
그릇된 열망을 품어서도 안 됩니다.

우리가 거룩함의 어느 단계에 이르렀는지에 대한
호기심도 접어두어야 합니다.

◟ 거룩하게 되십시오.
우리 모두는 거룩하게 될 능력이 있으며
그 비결은 기도입니다.

우리는 모든 이들을 다 하느님의 자녀로 여깁니다.
그들은 모두 우리의 형제자매들이지요.
우리는 한없는 존경심으로 그들을 대합니다.
믿는 사람이든 믿지 않는 사람이든
그 대상에 상관없이
우리의 일은 이들을 격려하기 위한 것입니다.

우리가 온 마음을 다해서 하는 사랑의 일들은
사람들을 좀 더 하느님께 가까이 오게 합니다.

◦ 모든 인간은 다 하느님의 손으로부터 왔습니다.
우리를 위한 그분의 사랑이 어떠하다는 것을
우리는 알고 있습니다.

사람들의 마음 안에서 그분이 일하시는 방법은
매우 고유하고 다양하며
그들이 얼마만큼 하느님과 가까운 거리에 있는지
알 수 없습니다.
우리는 겉으로 드러나는 행동만 보고
평가하게 마련이지요.

여러분이 힌두교인이든, 이슬람교인이든,
그리스도교인이든 상관없이
어떻게 사는가에 따라서 신앙의 증인이
될 수도 있고 안 될 수도 있습니다.

숨을 쉬는 것처럼,
그날그날 살아가는 것처럼
사랑은 우리에게 지극히 자연스럽고
당연한 것이어야 하며
이것은 숨이 멎는 순간까지
지속되어야 할 것입니다.

이것을 이해하고 실천하기 위하여
우리에겐 많은 기도가 필요합니다.

이 기도는 주님과의 일치를 가능하게 하고
이웃에게까지 넘쳐 흘러가게 하는
힘인 것입니다.

우리가 하는 애덕의 일은
하느님 안에서 흘러나오는 그 사랑을
이웃에게 전하는 것 외에
다른 것이 아닙니다.
그러므로 우리가 하느님께 가장 긴밀하게
연결되어 있으면 있을수록
이웃을 더 많이 사랑할 수 있습니다.

그 누구도 자신의 영광을 드러내기보다는
깊은 감사 안에서 주님의 영광을 드러낼 수 있기를!

우리가 할 수 있는 최선을 다하는 한
실패조차 우리를 의기소침하게 만들 수는 없습니다.

하느님은 우리가 얼마나 많은 책을 읽었는지,
얼마나 많은 기적을 행했는지를 묻지 않으시고
얼마나 많이 사랑했는가를 물으십니다.

그분의 사랑을 위해서 우리가 최선을 다하는
그것만이 중요합니다.

우리는 잘 놀았습니까?
잠을 잘 잤습니까?
잘 먹었습니까?
하느님 앞에 아무것도
사소한 것이란 없습니다.

• 우리는 너무 작은 존재들이기에 그런지
매사를 좁은 안목에서 볼 때가 많습니다.
그러나 전능하시고 위대하신 하느님은
모든 것을 다 넓고 귀하게 보십니다.

그러므로 여러분이
어떤 시각 장애인을 대신해서 편지를 써 주는 것,
잠시 앉아서 그의 이야기를 들어주는 것,
그에게 편지를 배달해 주는 것,
단순히 어떤 사람을 방문하는 것,
꽃 한 묶음을 선물하는 것,
필요한 이에게 빨래를 해 주는 것,
청소를 해 주는 것——

이 모두는 매우 작고 하찮은 일들이지요.
그러나 여러분과 내가 계속해야 할
소박한 일들입니다.

거창한 일들을 할 수 있는 이들은 많지만
사소한 일들을 즐겨 하는 이들은 별로 많지 않습니다.

우리가 서로를 보완할 수 있음은
얼마나 아름다운 일입니까!

우리가 빈민가에서 할 수 있는 일들을
아마 당신은 할 수 없을지도 모릅니다.
당신이 속해 있는 가정에서, 대학에서,
직장에서 할 수 있는 일들을
우리가 할 수 없는 것과 마찬가지로 말입니다.

그러나 당신과 우리는 모두
하느님을 위해서 무언가
아름다운 일을 하고 있는 것입니다.

● 새것이나 낡은 것, 비싼 것이거나 값싼 것,
어디에서든지 쉽게 발견되는
전선電線들을 보셨겠지요.

그러나 전선들은 그 자체로는 아무 소용이 없습니다.
그 안으로 전류가 통과해야만 빛을 낼 수 있습니다.

그대와 나는 전선이고
하느님은 전류이십니다.

● 우리는 그 전류가 우리를 직접 통과해서
세상의 빛으로 사용될 수 있는 힘을
우리 안에 지니고 있습니다.

또는 빛으로 사용되기를 거부해서
캄캄한 어둠을 더할 수도 있을 테지요.

● 여러분이 기도하기를 배운다면
아무것도 두려울 것이 없겠습니다.

여러분이 기도할 줄 안다면
기도를 사랑하게 되겠지요.
기도를 사랑한다면
기도를 잘하게 될 것입니다.

● 기도의 필요성에 대하여
서로의 체험들을 나누십시오.
기도에 대해서 어떻게 생각하는지
기도가 일상생활 안에서 어떻게 열매 맺는지
서로의 체험을 나누는 것은 중요합니다.

◗ 기도가 우리의 소중하고 힘 있는 무기라는
이 기쁜 소식을
우리는 온 세상에 퍼뜨립시다.

죽어서도 죽지 않는
사랑의 힘

이해인 수녀

1999년 여름에 초판을 찍은 『모든 것은 기도에서
시작됩니다』가 어느새 50쇄 이상을 찍었습니다.
강산이 두 번 변하는 시간 동안 꾸준히 많은 독자들의
사랑을 받아 온 것 같아 기쁩니다.

마더 테레사에 대한 훌륭한 책들은 워낙 많아서
제 부족한 솜씨의 번역본을 누가 읽을까 하는
의구심이 있었던 것도 사실입니다.

가난한 이들을 위한 사랑과 헌신의 대명사가 된
마더 테레사는 1997년 선종 후 19년만인
2016년에 시성이 되었습니다. 누구보다 빠른 시일에
성인 반열에 올라 세상을 놀라게 했죠.

그분이 실천한 봉사의 삶과 수많은 어록들은
시대와 종파를 초월해 보석처럼 빛을 발하고
있습니다. 그분 생전에 며칠을 직접 만났다는
것만으로도 제 수도 여정에 큰 힘과 빛을 받았습니다.
그 사실이 영광스럽고 감사할 뿐입니다. 일상의
삶에서 조금이라도 마더 테레사를 닮으려고 노력하는
가운데, 그분의 현존을 가까이 느끼며 행복했고,
특히 10여 년 동안의 힘든 투병 중에는
더욱 큰 힘과 위로를 받았습니다.

마더 테레사를 주인공으로 한 「편지」라는 영화나
여러 유고집, 그리고 이 책을 엮은 앤서니 스턴 박사의
서문을 통해서도 알 수 있듯이, 그분이 생전에 겪은
'영혼의 어둠'이 크게 화제가 된 바 있습니다.

신앙과 기도의 길을 걷는 모든 이들에게
마더 테레사의 뜻밖의 인간적인 고백은
오히려 희망과 위로를 안겨 주었습니다.

이 책을 읽는 독자들이 마더 테레사의 단순하지만
힘 있는 사랑의 메시지를 가슴에 새기기를 바랍니다.
각자의 처지에서 아주 사소한 실천이라도 좋으니
주위의 어려운 이웃을 향해 사랑을 베풀 수 있는
용기를 지니면 좋겠습니다. 요즘처럼 안팎으로 힘든
때일수록 '모든 것은 기도에서 시작됩니다.'라고
서슴없이 고백할 수 있는 우리가 되길 기도드립니다.

마더 테레사처럼 죽어서도 죽지 않는 사랑의
승리자가 되리라는 숭고한 갈망을 품고!

2020년 봄
부산 광안리,
성베네딕도수녀원에서

모든 이의 어머니
테레사 수녀님께

이해인 수녀

테레사 어머님,
거룩하고 겸손하고 뜨거운 사랑으로
한 생애를 살다 가신 당신의 시성諡聖을
예정보다 앞당기기로 했다는 신문 기사를
며칠 전에 읽었습니다.
당신은 몇 번이고 저를 울리십니다.

1994년 인도를 방문했을 때

'사랑의 선교회'의 성당과 허름한 객실에서
직접 당신을 만나 뵈었을 때도 그랬고
1997년 영원히 눈을 감으셨을 때도 그랬고
그해 늦가을『따뜻한 손길』이라는 제목으로
당신의 이야기 모음집을
처음으로 번역할 때도 그랬습니다.
그리고 1999년 가을인 지금,
『모든 것은 기도에서 시작됩니다』라는
당신의 향기로운 말씀들을 번역하면서
저는 다시 울었습니다.

특별히 인도의 어떤 음악가의 연주와,
가난한 이들을 위한 당신의 봉사를
똑같이 예술작품이라고
표현한 그 대목에서는 잠시 번역을 멈추고
당신의 미소 띤 생전의 사진을
찬찬히 들여다 보았습니다.
그리고 말씀드렸지요.
'좋은 일인 줄은 알지만, 너무 힘들게 살다 가신

당신을 생각하면 마음이 아파요.'

갈수록 이기적인 제 자신을
새롭게 발견하는 데서 오는 우울함,
스스로 선택한 수도자의 길이면서도
끝없이 자신을 내어주어야 하는 데서 오는
부담감과 고달픔으로 지쳐 있던 저는
당신께 조금은 반항하고 싶은
마음이 있었는지도 모릅니다.

당신은 그래도 웃으시는 듯
제 어깨를 툭 치며 말씀하셨지요.

"사랑하면 고달플 수밖에 없는걸
수녀님도 잘 알 텐데요.
제발, 정신 좀 차리세요.
아직도 갈 길이 멀답니다."

어머니 테레사님, 그렇군요.

당신은 제가 다시 기도하지 않고는
못 배기게 만드시는군요.
그날그날 사소한 일들을 통해서도
끊임없이 거룩함에 이르라고 재촉하시는군요.
도움을 필요로 하는 가난한 이들에게서
눈을 떼지 말라고.
게으르고 안일하게 살기엔
우리의 시간이 너무 짧다고
오늘도 강조하시는군요.

저의 글방에는
당신과 제가 콜카타에서 함께 찍은
아름다운 기념사진이 걸려 있습니다.
당신을 주인공으로 한 사진 달력,
당신을 추모하는 노래들이 담긴 음반,
그리고 당신이 직접 친필 서명해서
제게 건네주신
초록색 포스터도 있습니다.
그 포스터에는

이런 말이 적혀 있습니다.

"그리스도는 이 집의 주인이시고
이 식탁의 보이지 않는 손님이시며
우리가 말하는 것을 들으시는 조용한 경청자이시다."

이제 이 자그만 방에 제가 번역한
당신의 책 한 권을 새롭게 꽂으며 다짐합니다.

『모든 것은 기도에서 시작됩니다』라는
당신의 간절한 외침을 저도 삶으로써 채우고
이웃들과도 나누는 가운데
조금씩 당신을 닮은 이가 되려고
마음의 촛불을 밝힙니다.

1999년 가을
부산 광안리,
바다가 보이는
수녀원에서

모든 것은 기도에서 시작됩니다

1판 1쇄 펴냄 1999년 8월 30일
1판 52쇄 펴냄 2019년 2월 21일
2판 1쇄 펴냄 2020년 5월 27일
2판 3쇄 펴냄 2023년 12월 6일

지은이 | 세인트 테레사
옮긴이 | 이해인
엮은이 | 앤서니 스턴
발행인 | 박근섭
펴낸곳 | 판미동

출판등록 | 2009. 10. 8 (제2009-000273호)
주소 | 06027 서울 강남구 도산대로 1길 62 강남출판문화센터 5층
전화 | 영업부 515-2000 **편집부** 3446-8774 **팩시밀리** 515-2007
홈페이지 | panmidong.minumsa.com

도서 파본 등의 이유로 반송이 필요할 경우에는 구매처에서 교환하시고
출판사 교환이 필요할 경우에는 아래 주소로 반송 사유를 적어 도서와 함께 보내주세요.
06027 서울 강남구 도산대로 1길 62 강남출판문화센터 6층 민음인 마케팅부

판미동은 민음사 출판 그룹의 브랜드입니다.

엮은이 앤서니 스턴 ANTHONY STERN

의학박사. 하버드 대학교와 마운트 시나이 의과대학을 졸업했다. 지역사회 정신과 의사로서 다양한 환경에서 일했고, 현재 웨스턴 유나이티드의 생활 공동체인 할렘 노숙자 보호소에서 일하고 있다. 지난 30년 동안 세라 로런스 칼리지, 미국 자연사 박물관, 세계정신의학 협회 등 다양한 곳에서 종교와 심리학에 관한 글을 쓰고 발표했다.

세인트 테레사 SAINT TERESA (1910-1997)

2016년 9월 4일 바티칸 성베드로대성당에서 프란치스코 교황 주례로 성인(聖人, SAINT)으로 시성되었다. 2003년 10월 성자 바로 전 단계인 복자로 서품된 이후 13년 만이다. 성인으로 추대되기 위해서는 2개 이상의 기적이 인정되어야 하는데, 프란

기적을 인정하면서 시성

며 '빈자의 어머니'로도
했다. 인도 콜카타 슬럼

의 선교회'는 현재 전 세계 호스피스·고아원·에 이즈 환자시설·중독 치료센터 등 총 4,500개의 구호 센터를 운 영하고 있다.

옮긴이 이해인

수도자로서의 삶과 시인으로서의 사색을 조화시키며 기도와 시를 통해 복음을 전하는 수녀 시인. 1945년 강원도 양구에서 태어나 필리핀 성루이스 대학 영문학과와 서강대 대학원 종교 학과를 졸업했다. 현재 부산 성베네딕도회 수녀로 봉직 중이 며, 『민들레의 영토』, 『다른 옷은 입을 수가 없네』, 『이해인 시 전집 1·2』등 다수의 책을 펴냈다.